Emilia deLuca

Eine Muse für Maika

Maika ist Autorin und hat gerade ihren ersten Roman veröffentlicht. Auf der Promotour aber geschieht etwas, das ihr Leben durcheinanderbringt.

Zum Glück ist da Levio, der ihr weiterhilft. Und das nicht nur bei ihrem Buch…

„Eine Muse für Maika" ist Emilia deLucas dritter Roman und entführt in die sexy Welt der Verlage – heiße Stunden inklusive.

Emilia deLuca

Eine Muse für Maika

tredition

Bibliografische Information der Deutschen Nationalbibliothek:
Die Deutsche Nationalbibliothek verzeichnet diese Publikation
in der Deutschen Nationalbibliografie; detaillierte
bibliografische Daten sind im Internet über dnb.dnb.de
abrufbar.

Lektorat von: K. Wöllmer-Bergmann
Coverdesign von: Canva, https://canva.com
Covergrafik von: Canva

Verlagslabel: Emilia deLuca, https://emiliadeluca.de

Druck und Distribution im Auftrag der Autorin:
tredition GmbH,
Heinz-Beusen-Stieg 5
22926 Ahrensburg, Deutschland

Softcover ISBN: 978-3-384-31377-5
E-Book ISBN: 978-3-384-31378-2
Großschrift ISBN: 978-3-384-31379-9

Es ist diese eine Begegnung, die manchmal alles verändert.

M.

Maika

Alles begann mit meiner ersten Buchmesse als Autorin.

Vor einem Jahr hatte ich meinen ersten Liebesroman veröffentlicht. Das war eine sehr aufregende Zeit für mich, denn mein Roman „Liebe mit Hindernissen" wurde ein Bestseller. Natürlich wollte mein Verlag, dass ich auf den großen Messen präsent war und den Absatz noch weiter ankurbelte. Mein Freund Joshua begleitete mich, um mich zu unterstützen.

Wir erreichten das Messegelände und liefen zum Eingang. Joshua ging neben mir, den Arm um meine Schultern gelegt. Er sagte immer, dass er für mich da sein wollte, aber ich wusste, dass er es genoss, mit mir gesehen zu werden.

Wenig später startete das erste Seminar, für das ich mich angemeldet hatte. Ich war schon gespannt auf den Vortrag, eine Mischung aus Marketing- und Schreibtipps.

Neben mir saß eine Autorin, mit der ich sofort ins Gespräch kam. Joshua saß auf meiner anderen Seite und starrte genervt auf sein Handy.

„Ich hole mir mal was zu trinken", murmelte er irgendwann und stand auf.

Ich sah ihm nach. Ich hatte ihn gebeten, mich zu begleiten, weil ich unter extremem Lampenfieber litt. Ich wusste, dass er nur mir zuliebe hier war. Joshua las selbst nicht gern, er fand Bücher überflüssig. Mein Buch hatte er mir zuliebe gelesen, aber ich glaube, gefallen hatte es ihm nicht.

Ich gehe draußen etwas spazieren, melde dich, wenn die Vorlesungen zu Ende sind, okay?, schrieb er mir und bestätigte meinen Verdacht.

Das fand ich schade, aber nach dem Vortrag traf ich Jasmin, meine Agentin vom Verlag. Sie hatte die Übersicht über all meine Termine und begleitete mich. Das entspannte mich so weit, dass ich es schaffte, Joshua fürs Abhauen nicht böse zu sein.

„Was hältst du davon, wenn du morgen bei einer Podiumsdiskussion für Jungautoren teilnimmst?", fragte Jasmin. „Das wäre eine super Gelegenheit, um dich noch einmal als Mensch zu präsentieren."

„Finde ich gut. Ich bin dabei", sagte ich sofort, auch wenn mir bei dem Gedanken, vor vielen Leuten zu sprechen, immer mulmig wurde. Bei diesem Termin brauchte ich Joshua unbedingt an meiner Seite. Sein Gesicht im Publikum würde mir helfen, das ganze durchzustehen.

Endlich waren alle Termine geschafft. Joshua kam zu mir. Er war vor einer Stunde wieder aufgetaucht, aber jetzt konnten wir das erste Mal reden.

„Hey, wo warst du die ganze Zeit?", fragte ich.

„Im Messecafé und dann noch spazieren", meinte er und streckte sich. „War auch ganz schön anstrengend. Können wir jetzt ins Hotel?"

„Jasmin hat mich zu einem Autoren-Stammtisch angemeldet. Ich würde da gern hin und Leute kennenlernen", sagte ich. „Komm doch mit."

Joshua winkte ab. „Lass mal. Da bist du ohne mich besser dran. Ich organisiere mir was zu essen und warte dann im Hotel auf dich. Melde dich, wenn du dich auf den Weg machst, okay?"

„Okay", sagte ich enttäuscht. „Ich kann den Stammtisch auch absagen."

„Brauchst du nicht. Mach mal dein Ding, wir sehen uns später!", winkte er ab, gab mir noch einen Kuss und lief dann auf sein Handy starrend los.

„Das hier ist nicht so seins, oder?", fragte Jasmin.

Ich schüttelte den Kopf. „Nein, aber immerhin ist er mit hergekommen."

„Hattet ihr auch solche Probleme beim Check-in?", fragte mich einer der Autoren, als wir abends in der Hotelbar saßen.

„Nein, wieso?", fragte ich erstaunt.

„Komplett überbucht", sagte die rothaarige Krimiautorin neben mir mit hochgezogenen Augenbrauen. „Ich hätte fast kein Zimmer bekommen."

„Oh, was für ein Mist. Nein, zum Glück nicht", sagte ich und gähnte. „Sorry, ich bin echt müde. Wir sehen uns morgen, okay?"

Die anderen winkten und ich lief zum Fahrstuhl. Es war spät geworden. Jetzt wurde es echt Zeit.

Leise schlich ich mich in unser Zimmer. Joshua lag im Bett und schnarchte leise.

Ich machte mich fertig und legte mich neben ihn. Dann stutzte ich. Er roch komisch. Nach Parfüm. Fremden Parfüm.

„Joshua?", sagte ich leise. Er schnarchte weiter, also hielt ich den Mund. Wahrscheinlich bildete ich mir das alles ein. Ich hatte auch einiges an Wein getrunken und in der Bar war geraucht worden. Wahrscheinlich waren meine Sinne durcheinander.

Am nächsten Morgen war er schon wach, als mein Wecker ging. Ich runzelte die Stirn. Normalerweise war er ein Langschläfer.

Ich angelte nach meinem Handy, doch es fiel mir aus der Hand und rutschte unters Bett.

Grummelnd kletterte ich heraus und suchte danach. Dabei ertastete ich etwas Weiches. Ich zog meine Hand zurück und ließ es angeekelt fallen.

Ein Slip. Getragen. Stringtanga.

„Igitt!"

„Alles klar?", rief Joshua aus dem Badezimmer.

„Unterm Bett liegt ein fremder Slip!", rief ich, dann schlug ich die Hand vor den Mund. Er hatte nach fremdem Parfüm gerochen!

Jetzt kam Joshua aus dem Bad. Ich musste nur einmal in sein Gesicht sehen und wusste alles.

„Wie konntest du nur?", fragte ich.

„Ich habe gar nichts gemacht!", wehrte er ab.

„Ach nein?", schrie ich. Vor Wut begannen meine Hände zu zittern. „Du riechst nach fremden Parfüm und ein Slip liegt unter unserem Bett? Willst du mich verarschen?"

Joshua zuckte zurück, als ich ihn wüst beschimpfte, dann verzerrte sich sein Gesicht.

„Schön!", brüllte er. „Wenn du es genau wissen willst, habe ich gestern mit einer gevögelt. Sie war nett und hat sich um mich gekümmert, das fällt dir ja nicht mehr ein. Du bist ja so wichtig mit deinem Scheiß-Buch und deinem Scheiß-Verlag!"

„Ich dachte, du bist stolz auf mich und unterstützt mich!"

Joshua lachte verächtlich. „Ja, klar. Bin ich auch, *Schatz*. Bist die Beste. Eine richtige J.K. Rowling."

Mir reichte es. Ich hatte genug gehört. „Hau ab, Joshua", sagte ich mit tödlicher Ruhe. „Ich will dich nicht mehr sehen."

Er riss seinen Koffer aus dem Schrank. Er hatte nicht mal ausgepackt.

„Mit dem größten Vergnügen", zischte er, zog sich an und verließ türenknallend das Hotelzimmer.

Ich sah ihm nach und fühlte mich wie tot.

Blind tastete ich nach meinem Handy und rief meinen besten Freund Tom an.

„Kannst du herkommen?", schluchzte ich. „Ich brauche dich!"

„Bin unterwegs", sagte er sofort.

Tom brauchte eine Stunde zum Hotel. Ich machte ihm auf und sank schluchzend in seine Arme. Stammelnd erzählte ich ihm alles.

Tom schüttelte fassungslos den Kopf. „Dieses Schwein", sagte er und drückte mich an sich. „Das tut mir so leid. Soll ich dich nach Hause bringen?"

„Ich kann nicht", sagte ich mit zitternder Stimme. „Wenn ich jetzt abbreche, bekomme ich ein Riesenproblem."

„Okay, dann ziehen wir durch. Gemeinsam. Ich bin für dich da", versprach er.

„Danke, das bedeutet mir sehr viel" sagte ich.

„Hey, das ist doch selbstverständlich, dafür hat man doch seinen besten Freund, oder nicht? Jetzt komm, wir rocken die Show", sagte Tom und zog mich hoch.

Als erstes musste ich zur Podiumsdiskussion, und durfte mir nichts anmerken lassen. Niemand sollte mitbekommen, was ich gerade für eine Scheiße durchmachte.

Ich setzte mein bestes Pokerface auf und ging auf Jasmin zu. „Hallo Maika, es geht gleich los."

„Hallo Jasmin, okay, alles klar."

Auf dem Podium erzählte ich von der Entstehung meines Buchs.

„Ich hatte eigentlich einen ganz anderen Plan, nichts mit Büchern oder schreiben. Aber eines Tages hatte ich diesen Plot im Kopf und habe ihn einfach zu Papier gebracht. Daraus wurde der Rohentwurf für mein Debüt. Ich hatte Riesenglück, dass mein Verlag an mich geglaubt und mich begleitet hat. Es war wie ein Rausch und dieses Gefühl hält bis heute an", berichtete ich.

„Bei so einem romantischen Buch stellt sich natürlich die Frage, ob du auch glücklich verliebt bist, Maika", sagte die Moderatorin.

Ich straffte mich innerlich. „Nein, seit kurzem nicht mehr, aber weißt du was? Ich freue mich schon darauf, mich das nächste Mal zu verlieben. Ich hatte schon ein paar Mal Pech, aber wie meine Romanheldin gebe ich nie die Hoffnung auf. Diesen Charakterzug von mir habe ich ihr gegeben."

Die Moderatorin lächelte mich freundlich an und stellte ihre nächste Frage an den Krimiautor neben mir. Ich sah zu Tom. Er nickte mir zu.

,*Gut gemacht, Maika.*‘

Nach dem Interview hatte ich eine kurze Pause. Tom und ich suchten uns eine ruhige Ecke.

„Ich habe leider nur kurz Zeit. Der nächste Termin wartet schon". sagte ich entschuldigend.

„Alles gut, ich bin hier um dich zu unterstützen."
Ich nahm seine Hand. „Dankeschön".

„Mein Kumpel Levio ist auch hier. Ich würde ihn dir gern vorstellen, er ist Verlagsagent. Ihr mögt euch bestimmt", sagte Tom. „Wir sind zusammen hergefahren, daher war ich auch so schnell hier. Jetzt aber los, die anderen warten auf dich."

Am Nachmittag zogen Tom und ich uns kurz in mein Hotelzimmer zurück. Sein Handy klingelt, es war Levio.

„Klar, wir können uns nachher gern treffen“, sagte Tom entspannt. „Ich muss dir unbedingt Maika vorstellen.“

„Wer ist eigentlich Levio und warum hast du noch nie von ihm erzählt?“, fragte ich, als er aufgelegt hatte.

„Weil wir uns erst letztes Wochenende wiedergetroffen haben. Davor hatten wir uns ein paar Jahre aus den Augen verloren“, erwiderte Tom und klopfte neben sich auf die Couch.

Ich ließ mich neben ihn fallen und atmete durch. Dieser ganze Trubel um meine Person. Dann das Fremdgehen. Das war alles zu viel.

Tom legte seinen Arm um mich, zog mich zu sich und gab mir einen Kuss auf die Stirn. „Du schaffst das, Maika. Du bist so stark, das haut dich nicht um“, meinte er.

Ich war nicht halb so zuversichtlich wie er, riss mich aber zusammen. Aufgeben war keine Option.

Später am Tag kam ein Mann auf Tom und mich zu und begrüßte ihn mit einer Umarmung.

„Maika, das ist Levio di Marzo“, stellte Tom uns vor.

Ich hatte Konzentrationsprobleme, als Levio mich anlächelte und zwei Reihen schneeweißer Zähne entblößte.

„Die berühmte Maika. Tom hat mir viel von dir erzählt.“

Ich vergaß fast, zu antworten, weil seine weiche Stimme etwas in mir zum Schwingen brachte. Ich mochte seine Ausstrahlung, sie war freundlich und warm.

,*Heiß*', korrigierte ich mich. ,*Verdammt heiß.*'

„Und was machst du hier auf der Messe?", fragte ich.

„Ich bin auch beruflich hier", erwiderte er.

In meinem Bauch breitete sich ein Schwarm Schmetterlinge aus. Die kleinen Verräter flogen südwärts und entfachten ein Feuer zwischen meinen Schenkeln.

„Beruflich?", erwiderte ich. Meine Stimme zitterte ein bisschen vor Erregung.

,*Reiß dich zusammen, verdammt!*'

„Ich bin Literaturagent und schaue mich hier nach neuen Talenten um", erwiderte er. „Viel zu tun."

„Das glaube ich", hauchte ich und schämte mich ein bisschen für meine Reaktion. Mein Herz flatterte. Wieder diese kleinen gemeinen Schmetterlinge!

Er sah gut aus, aber das wusste er sicher.

,*Er hat bestimmt viele Frauen. Mich könnte er sofort haben. Oh Gott, habe ich das eben echt gedacht?*'

Ich wurde rot, als ich mir vorstellte, wie er mich küsste.

„Bei welchem Verlag bist du?", fragte er.

Ich sagte es ihm und er lächelte mich an, sodass meine Knie ganz weich wurden.

„Mit diesem Verlag arbeite ich auch zusammen. Dann sehen wir uns bestimmt mal wieder."

„Das wäre schön", hauchte ich.

Jasmin rief mich an und erinnerte mich an meinen nächsten Termin.

Ich machte, dass ich wegkam, Tom blieb mir auf den Fersen. „Wie ich sehe gefällt er dir", grinste mein bester Freund. „Ich habe gesehen, wie du ihn angeschmachtet hast." Ich wurde noch roter. „Er ist Single, falls dich das interessiert", schob er hinterher.

„Nicht im Geringsten", log ich.

„Okay, dann kann ich die Verabredung zum Essen heute Abend ja absagen." Er holte sein Handy aus der Tasche.

„Nein! Ich meine … ähm … Lach mich nicht aus!", rief ich vorwurfsvoll. „Ich bin nach der Sache mit Joshua nicht zurechnungsfähig."

„Schon okay", meinte Tom und schob mich zum Stand, wo sie auf mich warteten. „Du machst das, Maika."

Machte ich auch.

Die Wahrheit ist, dass das Essen nett war und Tom sich mit einem Vorwand verabschiedete, sodass Levio und ich allein blieben,

Die Wahrheit ist auch, dass ich mir Mut antrank und dann aufs Ganze ging, um ihn zu verführen. Er stieg voll drauf ein. Kurz darauf lagen wir in seinem Hotelzimmer auf dem Bett und hatten wilden Sex.

Ich hatte das selten so genossen wie an diesem Abend. Und als er mich am nächsten Tag um ein Date bat, musste ich zusagen.

Joshua- wer?', dachte ich zufrieden, als ich meine Nummer in sein Handy eintippte. *Ein Typ zum Vergessen.*'

Joshua sah ich nie wieder. Er brachte meine Sachen in meine Wohnung, während ich noch auf der Messe war und warf meinen Schlüssel in meinen Briefkasten. Sein Zeug gab ich bei seiner Arbeit ab.

Haken dran.

Eine neue Muse

Seit der Buchmesse hatten Levio und ich ein paar Dates und ziemlich viel Sex. Das genieße ich, denn wir halten die ganze Sache locker.

Dass ich voll in ihn verknallt bin, habe ich ihm noch nicht gesagt. Nach der Sache mit Joshua bin ich vorsichtig und will es lieber langsam angehen lassen.

Außerdem habe ich viel zu tun: Mein Verlag hat sich gemeldet und mir mitgeteilt, dass sie an einer Fortsetzung zu meinem Roman interessiert sind.

Sie wollen einen dramatischen Liebesroman, also etwas aus dem gleichen Genre wie mein erster. Ich habe versprochen, dass sie den bekommen werden. Jetzt wollen sie zwei Plotentwürfe von mir und ich bin komplett blockiert.

Was ich seitdem geschrieben habe, kann ich dem Verlag nicht vorlegen. Die Geschichten sind uninspiriert, die Figuren flach, der Handlungsbogen ein Witz. Die feuern mich, wenn sie das zu Gesicht bekommen.

„Scheiße, Maika", murmle ich und reiße das nächste Blatt Papier aus meinem Notizblock. Ein Buch über eine Floristin mit Pollenallergie? Oh mein Gott!

Ich setze mich in meinen Sessel am Erkerfenster und starre nach draußen. Das ist gar nicht gut.

Ich habe auch schon meine älteren Notizbücher durchforstet, in denen ich meine Ideen notiere, aber momentan gefällt mir auch nichts davon.

In meiner Verzweiflung habe ich schon darüber nachgedacht, die Sache mit Joshua zu verwursten, aber dazu fehlt mir die Kraft. Ich werde immer noch wahnsinnig wütend, wenn ich daran denke.

‚So viel dazu, da einen Haken dran zu machen.‘

Die Türklingel reißt mich aus meinen Gedanken. Ich öffne und schaue überrascht in Levios Gesicht.

„Hey, was machst du denn hier?"

„Ciao Bella", sagt Levio und küsst mich filmreif.

Endlich lächle ich wieder.

„Musst du nicht arbeiten?", frage ich.

„Ich habe den Vormittag frei und dachte, ich schaue mal bei dir vorbei." Er sieht die Papierknäuel, die überall herumliegen. Ich bin eine Chaotin.

„Du hast einen Anruf vom Verlag bekommen, stimmts?"

„Und, schicken sie dich, um sich zu überzeugen, dass ich arbeite?", antworte ich mürrisch.

Levio schüttelt den Kopf und schnippt ein Kügelchen vom Schreibtisch, damit er sich dagegen lehnen kann.

„Nein, ich bin deinetwegen hier. Tom hat mich angerufen. Er hat mir von deiner Schreibblockade erzählt."

„Ich hab keine …", beginne ich, breche dann aber ab und schnaube, als er die Augenbraue hochzieht. „Schon gut."

„Hey, jedem Autor geht es mal so. Wichtig ist, dass du nicht den Kopf hängen lässt. Schreib einfach auf, was dir einfällt, irgendwann ist was Gutes dabei. Oder hast du Notizbücher, in denen du deine Ideen sammelst? Wenn du möchtest, können wir sie uns zusammen anschauen."

Mir stehen die Tränen in den Augen, weil der Stress so groß ist. „Ja und alles, was ich fabriziere, ist Schrott", flüstere ich.

Levio hebt eine Papierkugel auf und faltet sie auseinander. „Komm, so schlimm kann es nicht sein." Er liest die Notizen, bevor ich protestieren kann. Seine Augen werden rund. „Okay, vielleicht doch. Eine Floristin mit Pollenallergie? Ernsthaft?"

„Da steckt viel Potenzial drin", sagte ich trotzig. „Sie könnte die zum Beispiel plötzlich bekommen und läuft nun Gefahr, ihr Geschäft zu verlieren. Und dann verliebt sie sich in ihren Allergologen!" Wir funkeln einander an, dann müssen wir beide lachen.

„Okay, gut, das ist keine literarische Sternstunde, hast ja recht", gebe ich zu.

„Aber ein Anfang“, meint er und wischt sich eine Lachträne aus dem Augenwinkel.

„Danke, das habe ich gebraucht.“ Ich küsse ihn. „Manchmal bin ich einfach zu verkopft.“

„Ich bin hier, um dir zu helfen, egal wie. Sag mir, was ich tun soll“, sagt er sanft.

„Trinkst du einen Kaffee mit mir? Ich glaube, wenn wir uns unterhalten, fällt mir was ein“, sage ich.

„Natürlich. Was immer du möchtest.“

Ich gehe in die Küche und hole die Becher.

Er folgt mir und stellt sich neben mich.

Er riecht so gut. Unsere Blicke treffen sich. In meinem Körper fängt es an zu kribbeln und mir wird heiß.

Im Bett ist er echt eine Granate. *,Das würde mir sicher auch helfen.‘*

„Erst die Arbeit, dann das Vergnügen“, sagt er.

„Spielverderber“, erwidere ich augenrollend und kümmere mich um den Kaffee. Danach setzen wir uns an meinen Schreibtisch und durchforsten meine Notizen erneut.

Es ist tatsächlich etwas dabei: ausgerechnet ein Plot, in dem ich die Sache mit Joshua in etwas abgewandelter Form eingearbeitet habe, erregt Levios Aufmerksamkeit.

„Ich weiß nicht“, meine ich. „Ich drehe immer ein bisschen durch, wenn ich daran denke.“

„Verstehe ich. Aber es ist gar nicht schlecht, wenn du echte Emotionen einfließen lässt. Dann ist es noch glaubwürdiger“, hält er dagegen.

„Okay, ich versuche es“, gebe ich nach. Wenn Levio mit drüber schaut, komme ich besser damit klar. Dann fühlt es sich nicht so persönlich an.

Ich schreibe einen Plot. Levio liest mit und zerlegt ihn in einzelne Szenen, die wir an mein Memoboard pinnen.

„Wusstest du, dass ich die Frau sogar kenne, mit der er Sex hatte?“, frage ich und pinne einen weiteren Zettel an. „Von früher. Sie ist ein richtiges Biest. Mittlerweile sind sie sogar zusammen, das hat eine Freundin auf ihrem Profil gesehen.“

„Umso besser, dann geht dir die Charakterbeschreibung ja leicht von der Hand“, meint er. „Und du hast noch mehr Anregungen für deine Story.“

„Ja, allerdings. Beinahe erschreckend viele.“

Natürlich verändere ich vieles und verfremde Personen und Orte. Außerdem plane ich ein Happy End, denn das wünscht der Verlag so.

„Möchtest du noch einen Kaffee?“, frage ich.

„Klar, gerne!“ Er ist total in die Notizen versunken und sieht nicht mal auf. Hoffentlich, weil die Idee gut ist.

In der Küche fülle ich die Kaffeebohnen nach.

„Wollen wir eine Pause einlegen und etwas essen?“, fragt er und kommt zu mir. Anscheinend konnte er sich doch losreißen.

„Pause klingt gut. Aber auf Essen habe ich keine Lust. Jetzt ist Zeit fürs Vergnügen.“ Ich lege meine Arme um ihn und spüre seinen ganzen Körper.

„Das hast du dir mehr als verdient“, sagt er und küsst mich. Er streicht mir über den Rücken und packt meinen Po, dann drückt er mich gegen den Küchenschrank.

Endlich.

Meine Hände streichen über seinen Rücken und ich spüre jeden einzelnen Muskel. Darauf freue ich mich schon, seitdem er in der Tür stand.

In meinem Inneren steigt Hitze auf. Levio greift unter mein Shirt. Seine Hand glüht, genau wie mein Körper.

Er packt mich und ich schlinge meine Beine um ihn.

„Couch?“

„Ist fast zu weit weg“, flüstere ich, also setzt er mich auf die Arbeitsplatte in der Küche. Ich reiße ihm das Hemd herunter und öffne seine Hose, er streift meine Strickjacke von meinen Schultern und entblößt meinen BH.

Seine Lippen wandern zu meinem Dekolleté. Er zieht den Träger meines BHs hinunter und küsst meine Brüste. Endlich spüre ich unter meinen Fingern seine nackte Haut.

Sein Mund erreicht den Bund meiner Hose, die er mir kurzentschlossen auszieht. Dann arbeitet er sich zum Saum meines Spitzenslips vor. Ich kann kaum stillhalten und ein leises Stöhnen entwischt mir.

Mir wird immer heißer. Seine Hand fährt über meinen Slip. Er küsst den nassen Stoff und stöhnt dabei.

Meine Hände wandern zu seiner Jeans. Sein Schwanz springt mir beim Öffnen schon entgegen.

, Was für ein Prachtexemplar. Ich bin jedes Mal aufs Neue begeistert.'

Er zieht sich ein Kondom über und packt mich an der Hüfte. Levio stöhnt auf, als er sich in mir versenkt.

Ich schlinge die Arme um seinen Nacken und genieße jeden Zentimeter.

Er hält kurz inne, um mir tief in die Augen zu sehen, dann legt er los. Er greift nach meinen Pobacken, knetet sie und presst mich an sich. Ich stemme meine Hände gegen die Arbeitsplatte und halte gegen seine tiefen Stöße.

Es ist so gut, ich weiß gar nicht, wie ich ohne ihn ausgekommen bin. Ich beiße mir auf die Unterlippe. Es dauert nicht mehr lange, dann komme ich. Levio trifft genau den richtigen Punkt. Mir ist so heiß, dass ich beinahe zittere.

„Oh ja!", schreie ich. Der Orgasmus rollt durch meinen Körper und lässt mich Sterne sehen.

„Oh Fuck!", höre ich Levio kurz danach aufstöhnen.

Das war der absolute Wahnsinn, ich will mehr davon. Mehr von Levio.

„Danke, das hat geholfen", flüstere ich in sein Ohr.

Er lacht leise. „Stets zu Diensten, Mylady. Ich bin immer froh, wenn ich unterstützen kann."

Ich schmiege mich an ihn. „Du lachst, aber abgesehen von diesem Wahnsinnsex bin ich endlich ein Stück weiter. Das vergesse ich dir nie."

„Lass uns ein paar Minuten warten, dann kannst du dich noch einmal bedanken."

Ich grinse. „Deal."

Dank Levios Unterstützung steht der Plot am nächsten Tag und ich habe sogar noch einen zweiten in der Hinterhand. Zum Glück, denn heute ist der Termin bei meinem Verlag und ich bin sehr aufgeregt.

Levio ist mit mir alles nochmal durchgegangen und Tom hat mich auch in der Themenwahl bestärkt. Ein Liebesroman mit einem heiklen Thema „depressiv und hochsensibel", wird kein leichter Stoff, aber ich finde, man sollte mehr darüber sprechen, denn davon sind viele betroffen.

Auch meine Freundin Lilly findet meine neue Buchidee super. Das freut mich besonders, denn Lilly hatte früher selbst Depressionen. Jetzt hoffe ich, dass der Verlag den Plot auch gut findet. Zusätzlich habe ich auch die Geschichte mit Joshua eingebaut.

Levio klingelt an der Tür. Er hat angeboten, mich zu fahren. Das nehme ich gern an, denn Autofahren ist immer Stress für mich.

Wir haben im Verlag noch nichts über uns erzählt.

Levio ist nicht mein Agent und warum er mich unterstützt, muss ja niemand wissen. Solange kein Interessenskonflikt besteht, haben wir keinen Anlass, es ,offiziell' zu machen.

„Können wir?", fragt er.

„Ja." Ich muss durchatmen. Schon den ganzen Vormittag bin ich das reinste Nervenbündel. Levio nimmt mich in die Arme und küsst mich.

„Das schaffst du, ich weiß es. Nur Mut." Er gibt mir einen kleinen Klaps auf den Po.

„Levio", sage ich mahnend. „Treib es nicht zu weit."

Er hebt die Hände. „War doch nur ein Scherz. Vorgestern hat dir das gefallen."

„Das war etwas anderes", meine ich.

„Weiß ich, ich wollte dich nur ablenken. Außerdem musste ich letzte Nacht auf dich verzichten, um dir deinen kreativen Freiraum zu gewähren. Das war ganz schön hart für mich", beschwert er sich.

Meine Hand wandert zu seinem Schritt. „Das ist wirklich hart, da hast du recht. Komm jetzt, wir müssen los."

„Lässt du mich etwa einfach so stehen?", fragt er entrüstet.

„Nein, nur ihn", erwiderte ich und grinse in mich hinein. Nicht nur er kann solche Sachen machen. Ich weiß auch, wie ich ihn um den Finger wickeln kann.

Ich packe alles ein, was ich für das Meeting brauchte.

„Gemeinheit. Das hole ich mir nachher alles wieder", droht er scherzhaft.

„Darfst du. Wenn alles gut läuft, feiern wir das nachher mit Tom."

„Allein wäre mir lieber. Tom muss nicht zusehen."

„Du bist unmöglich", lächle ich.

Im Fahrstuhl sind wir allein. Normalerweise nehme ich immer die Treppe, aber vor einem Meeting ist mir der Fahrstuhl lieber. Nicht dass ich auf der Treppe stolpere.

Levio tritt dicht an mich heran und seine Hand wandert unter meinen Rock an meinen Slip.

‚Wäre jetzt nicht das Meeting, dann würde ich mich glatt darauf einlassen.'

„Ein Hauch von Nichts, interessant", flüstert er in mein Ohr. Er schiebt den Slip zur Seite und dringt mit einem Finger in mich ein.

„Levio", stöhne ich leise.

Er grinst. „Wie du mir, so ich dir."

Bevor die Fahrstuhltür aufgeht, zieht er alles wieder zurecht. Zum Glück, denn vor der Tür stehen meine Nachbarn.

Im Auto lege ich meine Hand auf seinen Oberschenkel. „Das war echt heiß im Fahrstuhl, was du da mit mir gemacht hast."

„Cara, ich tue alles, um dir zu helfen", sagt er verschmitzt.

Das bringt mich wieder zu meinem Problem: Ich habe Angst, dass meine neue Buchidee abgelehnt wird. Ich versuche meine Hand auf seinem Oberschenkel ruhig zu halten, aber es klappt nicht.

„Süße, ich kann mich so nicht konzentrieren“, schnauft Levio.

Ich ziehe meine Hand weg. „Sorry“, sage ich geknickt. Da spüre ich seine Hand auf meinem Oberschenkel.

„Hey, mach dir nicht so viele Gedanken.“ Er lächelt mich an. Ich lege meine Hand auf seine und atme tief durch. „Dein Plot ist super, das werden Jasmin und die anderen auch erkennen.“

„Danke, aber ich kann ihnen auch sagen, dass wir das zusammen erarbeitet haben. Ich schmücke mich nicht mit falschen Federn.“

Er unterbricht mich. „Ich habe dich nur unterstützt, es war deine Idee. Bitte mach dich nicht so fertig, okay?“

„Okay.“ Ich atme durch.

„Du bist so ein toller Mensch“, sagt er leise. „Ich wünschte, du würdest das endlich erkennen und selbstbewusster werden. Du musst dich vor niemandem verstecken.“

Ich schlucke und meide seinen Blick. „Ich arbeite dran.“

Das Meeting läuft großartig. Die Idee, der Protagonistin eine Vergangenheit mit Depressionen zu geben, kommt gut an.

Anfangs haben sie Bedenken, dass der Roman dadurch zu schwermütig wird, doch ich kann sie überzeugen, dass ich ihn leicht schreibe, ohne dass der nötige Ernst für die Themen verloren geht.

„Auch Depressionen haben hoffnungsvolle Momente", sage ich. „Vor allem, wenn man für sich einen Weg hinausfindet. Ich möchte die, die es betrifft, stärken, und denen, die sich damit nicht auskennen, die Berührungsängste nehmen. Und dazu kommt eine Lovestory, der ihr nicht widerstehen könnt."

Ich atme durch. Mein Herz schlägt mir bis zum Hals. An diesem Text habe ich lange gearbeitet.

„Hast du Erfahrung mit diesen Themen?", fragt Jasmin.

„Ja, denn meine beste Freundin litt lange an Depressionen und ich habe sie während ihrer Therapie unterstützt. Dadurch habe ich viele Erfahrungen gesammelt", erkläre ich.

„Okay", sagt John, der Verleger. „Ich bin sehr gespannt, aber ich glaube, das kann funktionieren. Fang an, Maika. Wir sehen uns in sechs Wochen mit den ersten drei Kapiteln."

„Okay", sage ich mit weichen Knien. Das lief super. Besser als gedacht. Ich bin froh, doch gleichzeitig bekomme ich Angst.

Drei Kapitel in sechs Wochen. Das wird eine riesige Herausforderung für mich. Ich muss meine Angst vor dem weißen Blatt bekämpfen. Aber nun sollte ich mich erst einmal freuen, dass ich es geschafft habe.

,Mein zweiter Verlagsvertrag. Unglaublich!'

Levio wartet in der Tiefgarage auf mich „Und?“

„Ich habe sie überzeugt!“ Ich falle in seine Arme.

„Ich wusste es“, sagt er und gibt mir einen Kuss.

„Danke“, sage ich. „Auch für deine Unterstützung.“

„Gern geschehen.“

Ich schmiege mich an ihn. Der ganze Druck weicht endlich aus mir. Endlich freue ich mich. Und da Levio gerade hier ist, kommt mir eine Idee, wie ich mich sofort für meine gute Leistung belohnen kann.

„Wie gern?“ frage ich, und streiche über seinen Hintern.

„So gern“, antwortet er und legt meine Hand an seinen Schritt. Ich ertaste seine Erektion.

„Das ist wirklich sehr gern“, erwidere ich. „Ich möchte mich bei dir bedanken“, hauche ich ihm ins Ohr.

Ich öffne seine Hose und massiere seinen Schwanz, bis er aufstöhnt. „Setz dich ins Auto.“

Er schaut mich überrascht an, dann reißt er die Tür für die Rücksitzbank auf und springt hinein. Ich folge ihm und setze mich auf seinen Schoß. Seine Hand wandert zu meinem Slip. Ich lege den Kopf zurück und genieße es.

„Du bist also auch bereit“ sagt er lächelnd.

„Was soll ich sagen? Erfolg macht sexy“, sage ich und stöhne auf, als zwei seiner Finger in mich eindringen. „Außerdem hast du vorhin schon angefangen, oder nicht?“

„Ich wollte dich nur ein bisschen lockermachen“, sagte er. „Hat doch geklappt. Du hast dich super geschlagen. Und jetzt werde ich dich dafür belohnen."

Ich bin sowas von bereit, es jetzt sofort zu tun und streiche sanft über die Spitze seines Schwanzes.

„Ich kann es kaum erwarten", seufze ich, komme auf die Knie und versenke ihn in mir.

Levio stöhnt auf und krallt sich an meinen Hüften fest. „Oh, cara, genauso." Er krümmt sich, als ich beginne, mein Becken zu bewegen. Ich fahre mit den Fingern durch sein Haar und reite ihn.

Ich bin stolz auf mich, weil ich das Meeting gerockt habe. Ich bin beflügelt, weil ich diesen Mann für mich gewonnen habe.

Er sieht mich an und seine Augen glänzen.

Ich bin so gern mit ihm zusammen. Ich liebe es, mit ihm Sex zu haben. Das hier im Auto gibt mir den Kick. Seinetwegen traue ich mich Dinge, von denen ich früher nur geträumt habe.

Ich werfe den Kopf zurück und komme, nur Sekunden später ist auch Levio so weit.

Träge streichelt er meine Wange. „Das war unglaublich."

„Gleichfalls", lächle ich.

Gemischte Gefühle

Am Abend treffen wir uns mit Tom und meiner besten Freundin Lilly in einer Bar. Lilly besitzt einen Friseursalon und ist meine persönliche Haarstylistin.

„Wie lief dein Meeting? Ich weiß, dass du furchtbar nervös warst", fragt sie und nippt an ihrem Cocktail.

„Puh, frag nicht", seufze ich. „Zwischendurch wurde es echt heikel. Sie hatten so viele Fragen zu den Hintergründen und zu meiner persönlichen Erfahrung mit dem Thema. Einmal hat Jasmin mich komplett aus dem Konzept gebracht, da dachte ich schon, es wäre vorbei."

„War es aber nicht", schlussfolgert sie.

„Nein, zum Glück kennen wir uns ja schon ein bisschen. Sie hat mir selbst die Hilfestellung gegeben und wir haben das Problem behoben. Ich hatte tatsächlich übersehen, dass ich einen Logikfehler gemacht habe."

Lilly zuckt mit den Schultern. „Dafür sind die Verlagsleute da, schätze ich."

„Ja, und ich bin froh darüber", sage ich.

„Und wie ist es mit …" Lilly senkt die Stimme. „Levio? Gibt das keinen Ärger, wenn die herausfinden, dass du den Agenten vögelst? Was ist das eigentlich zwischen euch?"

Ich werfe Levio einen schnellen Blick zu, doch er hat Lilly nicht gehört. „Ich weiß es noch nicht", sage ich. „Beim Verlag haben wir nichts gesagt und ich hoffe, dass es keiner mitbekommt. Nein, es käme wahrscheinlich nicht so gut an. Momentan denke ich nicht so viel darüber nach und genieße es einfach."

„Nach der Sache mit Joshua …", beginnt Lilly. „Er macht einen netten Eindruck, aber das war bei Joshua auch so."

Ich weiß, dass sie mich beschützen will, aber ich finde, dass man Levio null Komma null mit meinem Ex vergleichen kann.

„Ich erwarte nichts von ihm", sage ich deswegen. „Und er auch nicht von mir. Mach dir keine Sorgen."

„Mache ich doch", meint sie. „Aber wenn er gut im Bett ist, darf er bleiben. Und wenn er dir dann noch über deine Schreibblockade hilft, umso besser."

„Du bist unmöglich, aber ja ", schmunzle ich. „Unverhofft ist er meine Muse geworden."

Levio kommt zu mir und legt seine Hand auf meine. Ich küsse ihn. „Danke noch mal für deine Unterstützung."

„Ich habe dir nur einen kleinen Schubs gegeben, den Rest hast du selbst gemacht", sagt er.

„Mag sein, aber den Schubs brauchte ich auch." Ich schaue zu Tom. „Und danke dir, dass du Levio angerufen und von meiner Blockade erzählt hast." Ich werfe ihm eine Kusshand zu.

„Ich weiß doch, was du brauchst", grinst Tom.

Wir haben einen schönen Abend zusammen. Ich genieße die Zeit mit diesen Menschen, die mir so viel bedeuten.

„Sorry, Leute, aber ich muss ins Bett. Der Morgen fängt früh an für Leute mit ehrlicher Arbeit", sagt Tom gegen zehn grinsend. Lilly schließt sich an. Auch ihr Tag startet früh. Also packen wir zusammen und bezahlen.

„Ich freu mich für dich. So glücklich hast du schon lange nicht mehr ausgesehen. Und dass ihr beide zusammengefunden habt, finde ich auch super. Ich glaube, Levio tut dir gut", flüstert Tom mir zum Abschied ins Ohr.

Ich umarme ihn lächelnd, dann verabschieden sich Lilly und Tom.

„Kommst du mit zu mir?", fragte ich Levio.

„Nichts lieber als das", sagt er und lächelt verheißungsvoll. „Die Party ist noch nicht vorbei, bevor ich morgen auf Geschäftsreise gehe…" Ich unterbreche ihn mit einem Kuss, einem langen und intensiven Zungenkuss. Er stöhnt auf, als meine Hand zu seinem Schritt wandert.

„Mein Flieger geht zwar morgen früh, aber lass uns gerne noch zu zweit weiterfeiern." Und gibt mit einem Klaps auf meinen Po.

Wir feiern intensiv und lange.

Ich wache neben Levio auf und blicke in sein Gesicht. Die nächsten Tage ohne ihn, seine Küsse, seinen heißen Körper. *Oje*', daran möchte ich noch gar nicht denken. Ich werde ihn vermissen und den Sex.

Er öffnet seine Augen, schaut mich an und küsst mich. Die Schmetterlinge von damals sind immer noch da und flattern gerade mal wieder durch meinen Körper.

Seine Küsse lassen mich keinen klaren Gedanken mehr fassen. Es kribbelt in meinem ganzen Körper. Er dreht mich um und ich spüre sofort seinen harten Schwanz an meinem Po. Seine Hände wandern nach vorne zu meinen Brüsten.

„Guten Morgen", hauche ich voller Lust.

„Bongiorno, cara", sagt er. „Darf ich mich noch ausführlich von dir verabschieden, bevor ich zum Flughafen muss?"

„Unbedingt." Mein Slip ist bereits feucht. Ich drehe mich zu ihm und befreie Levio von seinen Boxershorts.

„Der erste Lusttropfen gehört mir", raune ich.

Ich rutsche unter die Bettdecke. Ich liebe es, dieses Prachtexemplar in meinen Mund nehmen. Aber vorher bearbeite ich ihn mit meinen Lippen. Ich küsse ihn und fahre mit meiner Zunge auf und ab. Das macht Levio wahnsinnig, das weiß ich genau.

Genüsslich liebkose ich seine Erektion und lecke den ersten salzigen Tropfen von seiner Spitze. Er ist sowas von bereit.

Levio zieht die Decke weg und der Anblick macht mich noch heißer. Ich küsse seine Bauchmuskeln und greife mit meinen Händen in seine Pobacken.

Er zieht mich hoch, küsst mein Dekolleté und packt mich. Nur ein kleines Stück Stoff ist noch zwischen uns, mein Slip.

Ich spüre seine Hände zwischen meinen Beinen. Er schiebt meinen Slip zur Seite und dringt mit zwei Fingern in mich ein. Seine andere Hand ist an meiner Brust. Ich bin kurz davor zu kommen, da zieht er mich zu sich und gibt mir einen Kuss auf den Mund. Er rollt mich sanft von sich herunter. Dann wandern seine Küsse zu meinem Hals, Dekolleté und zu meinen Brüsten.

Er geht weiter bis zu meinem Bauch, an meinem Oberschenkel entlang und wieder hinauf zwischen meinen Beinen. Seine Lippen liebkosen meinen Venushügel.

Ich halte es kaum noch aus.

„Bitte … bitte tu es jetzt", flehe ich und schaue in seine braunen Augen. Ich ziehe ihn zu mir und schlinge meine Beine so um ihn, dass er in mich eindringt.

Wir lieben uns wie verrückt an diesem Morgen und es fühlt sich wie eine Ewigkeit für mich an.

Levio geht danach duschen, ich lege mich auf sein Kopfkissen. Das Kissen riecht nach ihm, das finde ich schön. Beinahe, als wären wir fest zusammen.

Ich stehe auf und gehe zu ihm unter die Dusche.

Er steht mit dem Rücken zu mir und ich betrachte ihn entzückt. Wasserperlen sind überall auf seiner Haut.

Er dreht sich um und ich schaue in sein Gesicht. Ja, ich muss es zugeben, da ist etwas zwischen uns, das über Sex hinausgeht. Damit hatte ich gar nicht gerechnet.

Ich beuge mich lächelnd vor und küsse ihn. „Lust auf einen Quickie unter der Dusche?" Er hebt mich hoch und drückt mich gegen die Wand. Alles andere hätte mich auch überrascht.

Nach dem Frühstück fährt Levio los zum Flughafen. Den Rest der Woche ist er auf Dienstreise in die Schweiz. Dort leben ein paar Autoren, die er betreut.

„Normalerweise besuche ich sie gern, mir ist der persönliche Kontakt wichtig", meinte er.

„Weiß ich", lächle ich. ‚*Persönlichen Kontakt*‘ hatten wir heute Morgen auch schon. Die Art von Kontakt habe ich aber exklusiv.

„Aber gerade nervt es mich ein bisschen", gibt er zu. „Ich wäre lieber bei dir."

„Du kommst ja am Freitag wieder", sagte ich tapfer. „Das schaffen wir schon. Zur Not mit Telefonsex."

„Was heißt hier ‚*zur Not*‘? Ich habe uns einen Termin jeden Abend eingestellt."

Ich muss lachen. „Du bist unmöglich!"

Zum Abschied küssen wir uns filmreif, dann muss er los.

Ich schließe lächelnd die Tür und mache mich an die Arbeit: Ich verbringe den Vormittag mit Recherchen und kümmere mich um den Aufbau des Romans. Ich habe noch einiges zu erledigen, bevor ich mit dem Schreiben anfangen kann, obwohl ich schon ein paar Seiten habe. Doch bevor es richtig losgehen kann, muss ich meine Checkliste abarbeiten, das verlangt meine innere Perfektionistin von mir. Ohne die Checkliste geht gar nichts. Ich habe für alles Checklisten. Sie geben mir den Halt, den ich brauche.

Für Levio habe ich auch eine Checkliste geschrieben. Er darf sie nur nie zu Gesicht bekommen.

Eine Mail vom Verlag erreicht mich. Der Vertrag ist fertig und kann unterschrieben werden. Das macht mir Stress. Ich kenne mich mit diesem bürokratischen Kauderwelsch nicht aus und ich fühle mich hilflos vor solchen Schriftstücken. Ohne Hilfe geht nichts, aber ich bitte nicht gern um Hilfe.

Wir wollen noch ein neues Portrait-Bild von dir machen für die Website und die Promotour nächsten Monat, schreibt Jasmin am Ende ihrer Mail.

Auch das noch. Ich finde mich furchtbar unfotogen und bin nie mit Bildern zufrieden. Aber da muss ich wohl durch.

Hey Lil, kannst du mich zu einem Fototermin begleiten?, schreibe ich Lilly. *Dann lenkt meine perfekte Frisur von meinem Gesicht ab.*

Klar, bin dabei. Schick mir einfach den Termin, wenn du ihn hast, antwortet sie prompt. So habe ich wenigstens bei Haaren und Make-up die Gewissheit, dass alles läuft.

Es klingelt an der Tür. Ich checke meinen Kalender. Tom. Wir sind zum Mittagessen verabredet. Das hatte ich ganz vergessen. Stress kommt auf, weil ich eigentlich schreiben müsste, doch ich kämpfe ihn nieder. Das schaffe ich trotzdem. Mittlerweile liege ich gut in der Zeit.

Tom kommt herein und umarmt mich.

„Wie kommst du voran?" Er betrachtet meine Checkliste und mein Memoboard. Die Checkliste war seine Idee. Es hilft mir, Struktur in meine Gedanken zu bringen. Ich bin ihm unendlich dankbar dafür.

Weil ich den ganzen Vormittag eisern durchgezogen habe, konnte ich schon viele Punkte abhaken.

„Ganz gut", sage ich. „Zum Glück. Bald habe ich die Vorbereitungen erledigt und kann endlich anfangen zu schreiben. Neulich Nacht hatte ich einen Gedankenblitz und habe den Anfang runtergehackt. Ist noch sehr roh, aber ein Anfang."

„Hey, das klingt super", sagt er lächelnd.

Ich stelle ihm einen Kaffee hin.

„Ja, noch stecke ich mitten in der Recherche, dafür bin ich mit der Struktur schon recht weit gekommen. Bis ich richtig mit dem Schreiben anfangen kann, dauert es aber noch etwas." Ich trinke einen Schluck Kaffee. „Ich werde meine Geschichte mit Joshua und Levio einbringen."

Tom verschluckt sich fast an seinem Kaffee.

„Okay, krass, damit hatte ich nicht gerechnet." Er schaut auf mein Memoboard. „Aber jetzt weiß ich, warum mir ein paar Dinge so bekannt vorkamen." Ich nicke und stelle mich neben ihn. Er sieht mich von der Seite an. „Fühlst du dich wirklich wohl damit?", fragt er. „Ich weiß ja, wie sehr du dazu neigst, dir solche

Sachen reinzuziehen. Ich möchte nicht, dass du deswegen in ein Loch fällst."

Ich lehne meinen Kopf an seine Schulter.

„Danke dir. Aber ja, das schaffe ich. Es fühlt sich sogar gut an. Ich will nur nicht, dass die Fremdgeh-Geschichte im Vordergrund steht. Ich werde wohl für die Protagonistin und ihre neue Liebe ein Drama erfinden müssen. Hauptsache, mir bleibt das mit Levio erspart."

„Ich drücke die Daumen", sagt er und legt den Arm um meine Schulter. „Aber bestimmt. Es sei denn, du vögelst ihn nur, um Vorteile dadurch zu haben."

„Du bist ein Arsch", sage ich und knuffe ihn in die Seite. „Du weißt, dass ich sowas nie tun würde."

„Natürlich." Er drückt mich wieder.

„Sag mal, du hattest erzählt, dass ihr schon früher befreundet wart, euch aber aus den Augen verloren habt. Wie kam das eigentlich? Du hattest ihn auch nie erwähnt", stelle ich eine Frage, die mich schon länger beschäftigt.

Tom atmet durch. „Ach weißt du, das ist ewig her. Wir kennen uns aus dem Studium. Naja, und wie die Studienzeit halt so ist, haben wir Party gemacht und viele Leute kennengelernt. Levio kam immer gut bei Frauen an und hatte einen ziemlichen Verschleiß. Das war mir so lange egal, bis er es bei Katja versucht hat. Nachdrücklich."

Mit Katja war Tom zusammen, als wir uns vor fünf Jahren kennengelernt haben. Die beiden waren ewig ein Paar und hatten sich vor drei Jahren getrennt, weil sie eine Sinneskrise bekommen hatte und weggezogen war. Das war eine harte Zeit für Tom, in der ich für ihn da war. Aber dass es am Anfang ihrer Beziehung Stress gegeben hatte, wusste ich nicht.

„Was bedeutet das?", frage ich.

„Levio wusste, dass Katja und ich Dates haben, das war noch ganz am Anfang", erzählt Tom. Er spricht betont neutral. „Er hat sie trotzdem immer angeflirtet und einmal zu ihr gemeint, sie soll mich abblitzen lassen, damit er sich um sie kümmern kann. Das hat sie mir erzählt. Danach hatten wir einen Riesenstreit und die Freundschaft war hin. Levio hat dann ein Auslandssemester in London gemacht und wir haben uns aus den Augen verloren. Mit Katja war ich trotzdem lange zusammen, wie du weißt." Er zuckt mit den Schultern. „Das ist jetzt zehn Jahre her. Kurz vor der Buchmesse sind wir uns zufällig über den Weg gelaufen. Levio hat sich bei mir entschuldigt. Wir haben das geklärt und beschlossen, noch mal von vorn anzufangen."

Ich nicke und starre auf mein Memoboard. Die Geschichte muss ich erstmal sacken lassen. Klar, sie liegt zehn Jahre zurück und Levio hat sich entschuldigt, aber was für ein Typ Mensch muss man sein, um zu versuchen, einem Freund die Freundin auszuspannen?

„Nicht grübeln", sagt Tom und drückt mich fester an sich. „Das ist alles vergeben und vergessen. Und es hat nichts mit dir zu tun."

Ich zwinge ein Lächeln auf mein Gesicht. „Hast recht."

Und doch wissen wir beide, dass mein Gedankenkarussell in Bewegung gekommen ist. Es wird schwer, dass wieder einzufangen. Schon jetzt merke ich, wie mich diese Informationen lähmen.

Ich werde etwas Zeit brauchen, um meine Gedanken wieder einzufangen, und wünschte mir, Levio wäre jetzt nicht verreist. Zu gern würde ich mit ihm darüber sprechen, statt mir dumme Gedanken zu machen.

‚Jeder macht mal Fehler, mich eingeschlossen‘, sage ich mir nachdrücklich. *‚Und ihm etwas vorzuhalten, was vor zehn Jahren war und nichts mit mir zu tun hat, ist dämlich. Komm klar, Maika, und mach weiter.‘*

Ich gehe mit Tom Mittagessen und verdränge diese Gedanken erfolgreich.

Als ich abends mit Levio telefoniere, spielen sie schon fast keine Rolle mehr.

Ich überlege, ob ich ihn darauf ansprechen soll, tue es dann aber nicht. *‚Das käme blöd rüber und ich will auch keinen erneuten Streit zwischen ihm und Tom provozieren‘,* entscheide ich und genieße lieber den Telefonsex, den wir haben.

Ein Schock für Maika

Am nächsten Abend treffe ich mich mit Lilly in unserer Lieblingsbar.

„Und bei dir steht also ein Fotoshooting an. Du musst begeistert sein", sagt Lilly ironisch. Sie kennt mich gut.

„Total. Danke, dass du mich unterstützt. Das nimmt mir die Nervosität."

„Das ist selbstverständlich. Du hältst mir auch bei jedem Friseur-Wettbewerb Händchen und baust mich auf."

„Das kann man nicht vergleichen", wehre ich ab. „Dass du vor den Wettbewerben Schiss hast, ist rational. Obwohl du jedes Mal auf den vorderen Plätzen landest."

Lilly lächelt. „Siehst du, es lohnt sich, sich seinen Ängsten zu stellen."

Mein Smartphone piept. Levio beschwert sich, dass ich unseren ‚Termin' ausfallen lasse, um mich mit Lilly zu treffen. Er schickt mir ein Bild von sich im Bett mit nacktem Oberkörper.

„Du Spinner", murmle ich grinsend.

„Was ist? Ein Nacktbild von Levio? Zeig her!" Lilly versucht, einen Blick auf das Display zu erhaschen.

„Nichts da! Such dir deine eigene Quelle."

„Wenn's nur das wäre, hätte ich ein Extra-Handy für die Dick-Pics", meint sie achselzuckend. „Halbe Stunde in der Dating-App und der Speicher ist voll. Gemein, dass du nicht teilen willst. Das Bild ist heiß, oder?"

Ich drehe das Handy den Bruchteil einer Sekunde zu ihr, dann stecke ich es weg. „Das hast du nie gesehen."

Sie hebt die Hand zum Schwur. „Niemals, euer Ehren. Weißt du, ich freu mich, dass du dir ein bisschen Spaß gönnst. Und ich finde, rein fürs Gefühl, könntest du ihn mal nach einem Ganzkörperfoto fragen."

„Was würde ich nur ohne dich tun?", meine ich und knuffe sie in die Seite.

„Darüber will ich gar nicht nachdenken", erwidert sie lachend. „Aber wenn du Inspirationen für einen neuen Roman brauchst, wende dich vertrauensvoll an mich."

Ich gebe ihr einen Kuss auf die Wange. „Das weiß ich. Lass uns anstoßen." Wir erheben unsere Gläser. „Auf dich, meine beste und verrückteste Freundin."

„Und Ideengeberin für deine zukünftigen Romane." Wir müssen beide lachen.

Ich wache erfrischt auf und stürze mich auf meine Arbeit. Dank meiner Checklisten komme ich bis mittags gut voran. Ich bin zufrieden mit mir. Mein Zeitplan ist gut, wenn ich ihn einhalte, schaffe ich die Deadline.

Am späten Nachmittag fahre ich zu Lilly in den Salon. Wir haben gestern festgestellt, dass meine Haare dringend eine Tönung brauchen.

Vor ihrem Salon bleibe ich stehen und muss schmunzeln, als ich den Namen lese: *Lillys Locke*.

‚Lilly und ihre Anspielungen.‘

Als Kind wollte sie immer Locken haben und als Teenager hat sie sich heimlich eine Dauerwelle machen lassen. Das gab damals Riesenärger. Für Lilly sind solche Aktionen einfach typisch.

Ich betrete den Salon. „Hey Lilly!"

„Hey Süße, komm mit durch", sagt sie und winkt mich mit sich.

Ich gehe in die kleine Küche und nehme mir ein Wasser, während Lilly Farbe für eine Kundin anrührt.

„Na, gabs gestern wieder Telefonsex?"

„Und wie. Du wärst stolz auf mich", sage ich.

„So will ich dich haben, meine Süße. Nicht verklemmt und bereit, nach vorne zuschauen. Hol dir einen Sekt, das kannst du feiern." Sie hat recht und schon gestern haben wir beschlossen, wieder mehr loszuziehen. Ich bin so froh, dass ich sie habe.

Ich hole den Sekt aus dem Kühlschrank. Lilly hat immer welchen da. Sie findet, dass es immer einen Grund zum Feiern gibt. Das stimmt wohl.

Meine erste Buchveröffentlichung, zum Beispiel. Darauf haben wir hier im Salon zusammen angestoßen.

Ich nehme mir noch ein Glas, dann gehe nach vorne. Vier von Sechs Plätzen sind belegt, ihre beiden

Mitarbeiterinnen haben wie immer viel zu tun. Es läuft gut für meine Freundin. Das freut mich.

Lilly hat wie immer das Radio an. Gerade wird der neue Song *„Bei dir"* von Lenn gespielt.

Sie macht das Radio lauter und singt fröhlich mit, als sie wieder nach vorn kommt. Das erinnert mich an etwas. Ich hole mein Handy aus der Tasche und schreibe meiner Freundin Malena eine Nachricht. *Hey, musste an dich denken. Dein Song läuft im Radio. Wie geht's dir?*

Malena antwortet gleich. *Wie schön, von dir zu lesen. Hey, du weißt doch, dass streng geheim ist, für wen er den Song geschrieben hat. Aber wir sehen uns bestimmt bald. Und wie läuft es bei dir?*

Lass uns die Tage mal telefonieren, schreibe ich ihr zurück, wo auch immer sie auf der Welt gerade sein mag.

„Setz dich noch kurz, ich bin gleich bei dir. Muss noch kurz die Farbe auftragen", bittet mich Lilly.

„Klar", lächle ich und nehme in der Warteecke platz. Ihre Mitarbeiterin Doreen bringt mir einen Cappuccino zu meinem Sekt und ich schnappe mir ein Magazin.

Lilly bedient eine Kundin. Ihre laute Stimme lässt mich aufhorchen. „Lieben Dank, dass du mich dazwischengeschoben hast!", sagt sie überschwänglich. „Ich habe ein Fotoshooting und muss gut dafür aussehen!"

„Klar, gerne. Heute hat jemand abgesagt, deswegen passte es gut", sagt Lilly freundlich. „Wie bist du denn auf uns gekommen?"

„Ach weißt du", die Kundin beugt sich verschwörerisch vor, spricht aber kein bisschen leiser. „Ich bin Autorin und brauche das Bild für meine Promotour. Mein Agent hat mir deinen Salon empfohlen. Ihr kennt euch, sagte er."

„So so, wie aufregend. Bei wem darf ich mich denn bedanken?", fragt Lilly überrascht.

Das wüsste ich auch gern.

„Levio di Marzo!", zwitschert die Frau. Mir fällt fast das Magazin aus den Händen. Lilly und ich tauschen einen Blick im Spiegel.

„Oh, echt?", macht Lilly. „Mensch, da muss ich Levio ja einen ausgeben."

„Aber nicht heute Abend, Schätzchen", sagt die Frau und lacht ein Lachen, das wie Fingernägel auf einer Schiefertafel klingt. „Heute gehört er mir."

Jetzt fällt mir das Magazin aus der Hand. Lilly und ich starren einander im Spiegel an. Mein Mund steht offen und ich fühle mich überfahren.

‚Levio ist doch in der Schweiz! Bis morgen noch! Wie kann er denn hier sein?‘

Lilly erkennt ihr To-Do: „Wie aufregend, mal eine seiner Autorinnen kennenzulernen", plaudert sie. „Jetzt weiß ich auch, wer du bist: Du schreibst die Italien-Romane, oder? Ich habe im Sommer *Tränen in der Toskana* gelesen. Der hat mir sehr gut gefallen."

Ich hole Luft. *Tränen in der Toskana* kenne ich auch. Das war ein Bestseller. Jetzt weiß ich auch, wie die Frau heißt: Frida Carrara. Sie ist eine große

Nummer bei Liebesromanen. Ihre spielen immer in Italien und sind bittersüß.

Mein Mund wird trocken, als ich mich an den männlichen Protagonisten bei *Tränen in der Toskana* erinnere. Jetzt, wo ich drüber nachdenke, hat er erschreckende Ähnlichkeit mit Levio. Mir wird schlecht, als ich mich daran erinnere, dass er sogar das gleiche Muttermal wie Levio hat. Es spielte in der Geschichte eine große Rolle.

Das Muttermal ist auf der Hüfte.

‚Woher zum Teufel, kennt sie das, es sei denn, sie kennt ihn nackt?‘, frage ich mich. Ich bin total durch den Wind.

Frida lacht geschmeichelt. „Ach danke, wie süß von dir. Ja, das fand eine halbe Million Leser auch.“

Mir läuft es kalt den Rücken hinunter, weil ich sie so furchtbar finde. So angeberisch und übertrieben. Und die Sache mit Levio gibt mir den Rest.

„Und was steht heute Abend Geheimnisvolles an?“, fragt Lilly und beugt sich interessiert vor. Sie ist ein Profi darin, Dinge aus Leuten herauszuquetschen.

Frida zieht die Augenbrauen hoch und spitzt die Lippen. „Ein Privattreffen mit meiner italienischen Muse.“ Sie lacht hinter vorgehaltener Hand. „Kennst du noch ein gutes Waxing-Studio in der Nähe?“

Ich muss aufstehen und in die Toilette flüchten, weil mir kotzübel ist. Mit zitternden Händen hole ich mein Smartphone heraus und rufe Levio an.

Er geht nicht ans Telefon.

„Scheiße, Levio“, flüstere ich und lehne mich gegen die Tür. „Was ist das für eine Nummer?“

„Maika?", Lilly klopft gegen die Tür. Ich mache ihr auf.

„Oh Mann, Süße, lass dich mal drücken. Das ist ein ziemlicher Hammer. Hast du Levio angerufen?"

„Ja, er geht nicht ran." Ich schlucke. „Er hat gesagt, dass er in der Schweiz ist. Das ist offenbar gelogen. Stattdessen trifft er sich mit Frida und ihrem gewachsten Körper."

Lilly presst die Lippen zusammen und nickt. „Sieht so aus, ja. Ich habe sie nochmal gefragt. Sie trifft sich heute Abend definitiv mit ihm."

„Anscheinend bekomme nicht nur ich einen besonderen Service von ihm", sage ich bitter. „Also ist doch noch alles so wie damals bei Tom."

„Wieso? Was war da?"

„Sie haben sich zerstritten, weil Levio sich an Katja rangemacht hat, als sie schon mit Tom zusammen war", erwidere ich und balle die Hand zur Faust. „Ich bin so dumm", flüstere ich dann. „Ich dachte, das kann was mit uns werden, aber für ihn bin ich nur eine von vielen."

„Rede doch noch mal mit ihm", sagt Lilly ruhig. „Er kann sicher was dazu sagen."

„Bestimmt. Das Problem ist, dass es nur Ausreden sein können und ich keine davon hören will. Sorry, Lil, ich halte es hier mit dieser Frau nicht mehr aus."

„Verstehe ich, aber ich lasse dich nicht gern gehen", sagt sie und nimmt meine Hand.

„Ich fahre einfach nach Hause, keine Angst", beruhige ich sie. „Ich muss jetzt ein bisschen allein sein und das alles verarbeiten."

„Ich komme nach Feierabend zu dir, okay?“

„Ja gerne.“

Sie umarmt mich noch einmal, dann verdrücke ich mich aus dem Salon und versuche, Frida nicht noch einmal anzusehen. Zu Hause werfe ich mich auf mein Sofa und breche in Tränen aus.

Schlechte Gefühle

„Bongiorno, cara", flüstert eine Stimme in mein Ohr. Ich öffne die Augen und fahre erschrocken hoch, als ich Levio neben mir im Bett sehe.

„Oh Gott, hast du mich erschreckt!", stoße ich hervor.

„Tut mir leid, das wollte ich nicht. Ich dachte, ich überrasche dich", sagt er und küsst meine Schulter.

Ich brauche noch eine Sekunde, dann fällt mir alles wieder ein. Frida und ihre Story.

„Wie kommt es, dass du schon zurück bist?", frage ich und fühle mich feige, weil ich ihn nicht direkt mit der Sache konfrontiere.

„Ich bin gestern Abend zurückgekommen", erwidert er gelassen. „Eine Autorin hat die Termine verwechselt und ist hergeflogen, statt mich wie verabredet in Zürich zu treffen. Ich habe gesehen, dass du angerufen hast. Da saß ich gerade im Flieger." Er streckt sich. „Jedenfalls musste ich mit ihr und ihrem Manager zu Abend essen. Hat Lilly erzählt, dass ich sie zu ihr in den Salon geschickt habe?"

Mein Herz schlägt mir bis zum Hals. „Frida Carrara. Ja, das hat sie erzählt."

‚Feigling! Sag ihm, was sie alles rausposaunt hat!‘

Levio rollt mit den Augen. „Frida ist sehr fordernd und da sie dem Verlag viel Geld einbringt, muss ich bei ihr springen, wenn sie es will.“

,Auch in ihr Bett?‘

„Lieber bin ich bei dir“, sagt er und küsst meine Schulter.

„Ich habe noch nicht mit dir gerechnet“, stammele ich.

Er überfordert mich. Ich kann mit solchen Überraschungen nicht umgehen. Es wäre mir lieber gewesen, wenn er Bescheid gesagt hätte. Viel lieber. Dann hätte ich mich gedanklich auf dieses Gespräch einstellen können und würde mich jetzt nicht so hilflos fühlen.

Er bemerkt es und lässt mich los. „Sorry, ich merke schon, dass das etwas viel war.“ Er streicht mir eine Haarsträhne aus dem Gesicht. „Du siehst sehr hübsch aus.“

„Danke.“ Ich atme tief durch.

,Ich muss mit ihm reden, sonst quält mich das tagelang!‘

Stattdessen klettere ich aus dem Bett und gehe ins Badezimmer, um etwas Zeit zu gewinnen. Levio folgt mir nicht, er merkt, dass ich gerade etwas Raum brauche.

In der Küche höre ich die Kaffeemaschine.

„Hast du Zeit für einen Kaffee mit mir?“, fragt er durch die geschlossene Tür.

In mir streiten die Gefühle. Einerseits möchte ich, dass er bleibt, andererseits will ich ihn loswerden. Ich bin noch nicht so weit, dass ich ausdrücken kann, was ich gerade empfinde. Ich habe Angst, dass wir uns streiten, wenn ich es trotzdem tue.

Die Angst vor der Konfrontation ist so groß, dass ich zurückrufe „ja, aber leider nur einen. Ich habe einen straffen Zeitplan heute."

Wieder fühle ich mich blöd, aber mein Inneres ist so in Aufruhr, dass ich es nicht schaffe, ihn anzusprechen.

Ich mache mich fertig, schlüpfe in Jeans und T-Shirt und gehe zu ihm in die Küche. Er hält mir einen Becher hin.

„Und, wie lief es mit Frida?", frage ich scheinheilig.

,War sie schön frisiert und gewaxt? Hat sie dir jede Körperstelle gezeigt? ‘

Ich drehe durch. Wenn ich ihm so komme, steht er auf und geht, das spüre ich.

Ich will das so nicht. Ich will die Sache vernünftig mit ihm klären, aber das bekomme ich gerade nicht hin.

Und ich will nicht, dass er diese hysterische wütende Seite von mir kennenlernt. Also zaubere ich ein Lächeln in mein Gesicht und verschließe all die miesen Gefühle tief in meinem Herzen.

Levio zuckt mit den Schultern. „Das Übliche. Der Auftrag des Verlages ist eindeutig bei Frida: alles tun, damit sie bei uns bleibt. Also führe ich sie aus und bespaße sie, wenn es sein muss."

Das klingt nicht so, wie Frida es formuliert hat. Weniger intim, aber es besteht die Gefahr, dass er mich anlügt.

‚Verdammt, Maika, es kann auch sein, dass sie lügt. So wie sie redet, übertreibt sie wahrscheinlich ständig!‘

Was sich aber nicht von der Hand weisen lässt, ist die Sache mit dem Muttermal. Ich habe mir den Roman gestern noch einmal angesehen und die Stelle gefunden. Es ist die gleiche Stelle, an der auch Levios Muttermal ist und sie beschreibt es haargenau. Und das bedeutet, dass sie zumindest in dieser Hinsicht nicht gelogen hat.

„Aber nun zu dir“, wechselt er das Thema. „Ich hoffe, du warst fleißig und bist gut vorangekommen?“

„Ja, die Recherche ist abgeschlossen, ich habe mit dem Manuskript angefangen. Und eigentlich habe ich jetzt auch keine Zeit und muss weiterarbeiten“, sage ich.

Ich bin so durcheinander, dass ich mich kaum konzentrieren kann. Es ist besser, wenn er mich allein lässt.

„Ich trinke nur meinen Kaffee aus, dann bin ich weg. Steht unsere Verabredung heute Abend?“, fragt er, da vibriert sein Handy. Er schaut auf das Display und lächelt. „Oh, sehr schön.“

„Was denn?“, frage ich.

„Frida hat ihren Vertrag soeben verlängert. Zwei weitere Romane sind gesichert. Das gibt einen fetten Scheck.“ Er küsst mich auf den Mund. „Bis heute Abend, *tesoro mio*. Sei schön fleißig.“

Ich sehe ihm nach, als er winkend aus der Wohnung geht, und muss mich an die Küchenzeile lehnen.

„Scheiße, was ist denn bloß los?“, murmle ich. Meine Hände zittern, so aufgeregt bin ich. Das ist gar nicht gut.

Ans Schreiben ist so nicht zu denken.

Ich ziehe mich an und mache einen langen Spaziergang, um meine Gedanken zu klären. Es klappt wenigstens ein bisschen, sodass ich bei meiner Rückkehr schreiben kann. Trotzdem sind da diese quälenden Zweifel.

Ich fühle mich, als hätte ich das Glück, das mir gerade in den Schoß gefallen ist, verloren.

Ich halte es in der Wohnung nicht lange aus und das, was ich schreibe, gefällt mir nicht, also gehe ich dorthin, wo ich mich immer gut fühle, weil alles, was ich mache, einen Sinn hat: zu Rita.

Rita ist Sozialarbeiterin in einer Suppenküche. Seit einigen Jahren engagieren Lilly und ich uns dort ehrenamtlich, verteilen Essen und kümmern uns ein bisschen um die Leute, die von unserer Gesellschaft sonst schlecht behandelt werden.

Manchmal lese ich auch etwas vor. Heute bin ich aber einfach nur da und habe ein offenes Ohr für die Nöte der Leute. Und wenn ich sie mir so anhöre, rückt mein Gefühl für meine Probleme wieder an die richtige Stelle: sie sind unbedeutend im Vergleich zu anderen Schicksalen. Und trotzdem ist dies der hoffnungsvollste und fröhlichste Ort, den ich kenne.

Ich begrüße Rita. Es ist gerade Kaffeezeit und es gibt Kaffee, Tee und Gebäck.

„Hallo Maika, liest du heute wieder?", ruft mir einer der Männer am Skattisch zu. Ich kenne ihn schon ewig und winke ihm.

„Hallo Heiner. Nein, heute nicht. Aber wir können gerne zusammen einen Kaffee trinken und ein bisschen quatschen."

„Machen wir, Herzchen", ruft er.

„Weißt du, wann Lilly vorbeikommt?", fragt Rita.

„Ich sag ihr, dass sie sich bei dir melden soll, okay?", erwidere ich.

Lilly schneidet einmal im Monat allen, die wollen, die Haare. Ich mag unser Ehrenamt hier. Lilly und ich hatten irgendwann das Gefühl, etwas zurückgeben zu wollen und anderen Menschen, denen es nicht so gut geht, zu helfen.

Ich schiebe den Wagen mit den Kaffee- und Teekannen und dem Gebäck in den Speiseraum.

Heiner kommt mit einem Kartenspiel zu mir. „Lust auf eine Partie, Herzchen?"

„Ich kann kein Skat, aber hast du vielleicht Lust, es mir beizubringen?"

Er nickt. „Natürlich."

„Hab bitte Geduld mit mir, ich bin eine Niete beim Kartenspielen."

„Das wollen wir mal sehen", meint er. „Ich bin ein toller Lehrer."

Das ist er wirklich und Skat ist kompliziert genug, um mich von der Sache mit Levio abzulenken.

„Danke für deine Geduld mit mir, Heiner", sage ich, nachdem wir unsere erste flüssige Runde gespielt haben.

Er lächelt. „Immer gern, Herzchen. Danke, dass du immer zu uns kommst. Das ist nicht selbstverständlich. Auf der Straße werden wir entweder ignoriert oder mit bösen Blicken gestraft. Uns bedeutet es sehr viel, was du und Lilly für uns tut."

„Wir machen das sehr gerne. Jeder von euch hat eine Geschichte und verdient es, gehört und gesehen zu werden." Ich drücke ihn und sage „Ich komme wirklich gerne zu euch."

Dann verabschiede ich mich auch von Rita.

Als ich draußen an der Straße stehe, ruft mich Jasmin an. „Hey, hast du spontan Zeit, vorbeizukommen?", fragt sie. „Dein Vertrag ist fertig und ich würde gern über dein Manuskript mit dir reden, wenn es dir passt."

„Klar", sage ich und spüre erneut Stress in mir aufsteigen. Auch das noch. Das trifft mich heute auf dem falschen Fuß, aber ich habe es lieber hinter mir, als das ganze Wochenende darüber nachzudenken.

Jasmin wartet bereits auf mich in ihrem Büro.

„Hallo Maika, schön, dass du da bist. Womit möchtest du anfangen? Mit dem Vertrag oder mit deinem Manuskript? Ich bin so gespannt, wie der Status ist."

„Und ich bin sehr gespannt, wie es dir gefällt", sage ich lächelnd. Ich mag Jasmin sehr und bin dankbar, dass sie mich betreut. Das hätte auch anders sein können und ich bin mir sicher, dass die

Zusammenarbeit darunter gelitten hätte, wenn meine Agentin und ich uns nicht so gut verstanden hätten.

„Ich würde gern mit dem Vertrag anfangen“, beantworte ich ihre Frage. „Erst die Arbeit, dann das Vergnügen.“

„Ist für mich das gleiche, aber klar, machen wir. Setz dich doch.“ Sie legt mir eine Mappe hin, eine identische behält sie bei sich.

„Lass uns den Vertrag durchgehen. Wenn du Fragen hast, sag Bescheid. Ich möchte, dass du alles verstehst.“

Ich lächle sie erleichtert an. „Gerne. Ich liebe zwar das Schreiben, aber Verträge sind echt nicht mein Ding.“

„Jetzt zu deinem Roman“, sagt Jasmin, als sie die Papiere zusammenschiebt und mir mein Exemplar reicht. „Wie sieht's aus? Wie weit bist du gekommen?“

„Die Vorbereitungen sind abgeschlossen, die Recherche auch. Das Grundgerüst steht und ich habe mich ins Schreiben gestürzt“, berichte ich. „Anfangs war es noch ein bisschen hakelig, aber jetzt habe ich den Draht zu meiner Protagonistin. Wir befinden uns in der Schmelzphase.“

Jasmin nickt verständnisvoll, sie weiß, was ich meine: diese Phase beim Schreiben, wenn eine Autorin nicht mehr weiß, welche Gedanken noch ihr gehören oder schon der Protagonistin. Manchmal habe ich Konzentrationsprobleme deswegen und bin vergesslich. Bei einer Mail gestern habe ich zuerst aus

Versehen mit dem Namen meiner Protagonistin unterschrieben, weil ich so in der Geschichte war. Das war noch vor der Sache im Salon.

Diese Phase des Schreibens ist schön und unheimlich zugleich. Das liebe ich so daran.

„Ich wünschte, ich könnte das auch", sagt sie lächelnd.

„Ich wünschte manchmal, ich hätte etwas solideres, das nicht so von meiner aktuellen Stimmung abhängt", meine ich achselzuckend. „Das hat mich ganz schön gehemmt."

Ihre Augenbraue hebt sich. „Ehrlich? Magst du mir davon erzählen?"

„Ja. Die Trennung von meinem Freund hat alles durcheinandergebracht. Die Geschichte, die ich ursprünglich im Kopf hatte, funktionierte nicht mehr. Ich war in einem richtig tiefen Loch." Ich spiele mit der Ecke meiner Vertragsmappe.

„Davon ist jetzt nichts mehr zu spüren", sagt sie.

„Lieb, dass du das sagst. Es war nicht leicht, aus dem Loch herauszukommen", gebe ich zu.

„Wie hast du es geschafft?", will sie wissen.

Mein Mund verzieht sich zu einem kleinen Lächeln.

„Ich habe jemanden kennengelernt, der mir gezeigt hat, dass es immer weitergeht. Dass man auch in negativen Dingen Chancen sehen kann. Und dass es manchmal gar nicht schlecht ist, Pläne einfach über den Haufen zu werfen. Deswegen geht es jetzt im Buch auch um eine Frau, die ihr ganzes Leben auf den Kopf stellt. Das ist meine Botschaft: *‚Lass dich nie entmutigen und halte an deinen Träumen fest‘*."

„Wow, das ist wirklich schön." Jasmin sieht sogar etwas gerührt aus. Ich lächle sie an und freue mich, dass ich sie mit meinen Worten erreichen kann.

Das ist mein Job als Autorin. Und wenn meine Emotionen auf sie überschwappen, habe ich alles richtiggemacht.

„Ein bisschen Zeit hast du noch, aber ich würde mich freuen, wenn du mir schon etwas schickst", fährt sie fort.

„Das mache ich, sobald ich mir die Kapitel noch mal angeschaut habe", verspreche ich. „Ich will dir keinen Schrott schicken."

„Davon geh ich nicht aus, aber okay. Nächsten Freitag?"

Ich schlucke. Das ist nicht viel Zeit. Es ist Jasmins Job, einen gewissen Druck auf mich auszuüben, manchmal brauche ich das. Aber manchmal ist dieser Druck lähmend. Ich kämpfe gegen das Unwohlsein und lächle sie an. „Okay."

„Sehr schön, das wird das Team freuen. Sie arbeiten am Cover. Vielleicht kann ich dir im Gegenzug schon etwas schicken."

„Das wäre toll. Ich bin gespannt, welche Stimmung sie aufgreifen", sage ich, da fällt mir noch etwas ein. „Meine Freundin hat mich gefragt, ob ich eine Lesung in ihrem Frisiersalon halten würde. Was sagst du dazu?" Das ist eine verrückte Idee, die mir schon länger im Kopf herumspukt, weil Lilly das mal im Scherz meinte.

Jasmins Augenbraue hebt sich. „Ungewöhnliche Location. Passt das zeitlich? Ich fände es besser, wenn du das hinter die Deadline in die erste Korrektur schiebst. Da lässt sich sicher ein Abend finden. Ich kläre das rechtlich ab und sage dir Bescheid, okay? Rechne mal mit einem bis zwei Monaten Vorlauf."

„Danke dir, dass du es nicht gleich ablehnst", sage ich.

Sie zuckt mit den Schultern. „Werbung ist Werbung, oder? Aber dein neues Buch hat absoluten Vorrang." Sie lächelt. „Ich freue mich echt über unsere Zusammenarbeit. Da hab ich echt Glück gehabt, dass du bei mir bist und nicht beim Lady-Catcher."

„Bei wem?", frage ich verdattert.

Jasmin winkt lachend ab. „Einer meiner Kollegen wird so genannt, weil er so gut mit Autorinnen kann, sogar mit den ganz schwierigen. Manche Autorinnen sich echte Diven, aber er bekommt sie alle gezähmt."

Mir schwant furchtbares. „Ist das dieser Levio, von dem du sprichst?", frage ich dünn.

Ihre Augenbrauen gehen hoch. „Du hast schon von ihm gehört? Nee, nee, Fräulein, du bleibst schön bei mir."

„Klar", sage ich und lächle furchtbar gekünstelt. Danach mache ich, dass ich wegkomme. Das Gefühl in meinem Magen ist mehr als beschissen.

Am Abend treffe ich Lilly und Tom in unserer Lieblingsbar. Levio hat unser Treffen abgesagt und sich entschuldigt, weil er so viel zu tun hat.

Es ist mir recht, aber gleichzeitig schürt es noch mehr Zweifel in mir. Trifft er sich wieder mit Frida?

Was läuft da zwischen den beiden? Oder kümmert er sich um eine seiner anderen Autorinnen? Als Lady-Catcher? Ich komme nicht darüber hinweg. Es ist zum Verrücktwerden.

„Ich habe Tom erzählt, was passiert ist", sagt Lilly, als ich ankomme. „Ich hoffe, das war okay."

„Natürlich, ich habe keine Geheimnisse vor euch", erwidere ich und erzähle von heute Morgen und auch von Jasmins Bemerkung.

Das müssen die beiden erstmal sacken lassen.

„Hmmm…", meint Lilly unentschlossen.

„Das sagt man nur, wenn man nichts zu sagen hat", meine ich erschöpft.

„Ich finde, du solltest ihn darauf ansprechen, wenn du dich gesammelt hast", sagt Tom. „Erzähl ihm, was Frida alles gesagt hat, und warte seine Reaktion ab."

„Ja, das wäre vernünftig", gebe ich zu. „Aber ich habe doch gar kein Recht, eine Szene zu machen. Wir haben nie darüber gesprochen, ob wir ein Paar sind. Und dass ich heute Morgen nichts gesagt habe, macht es nicht besser."

„Aber was willst du stattdessen tun?", fragt Lilly. „Ich kenne dich: die Sache einfach abzuhaken ist nicht dein Ding. Und du bist total verknallt in Levio, also willst du wohl kaum Schluss machen, oder? Und was Jasmins Bemerkung angeht: er ist charmant, wahrscheinlich bezieht sie sich rein darauf. Und sie hat ja selbst zuzugeben, dass sie ein bisschen neidisch ist, weil es bei ihm so gut läuft."

Ich schüttle den Kopf. „Nein, ich will nicht Schluss machen. Ich möchte, dass er mir sagt, dass Frida eine durchgeknallte Zicke ist, die das alles nur erfunden hat. Und dass er mir danach sagt, dass er die Autorinnen mit Pralinen rumkriegt und nicht damit, dass er ihnen sein Muttermal auf der Hüfte zeigt."

„Die Chance kannst du ihm nur geben, wenn du mit ihm sprichst. Am besten gleich morgen", sagt Tom.

Ich atme durch. „Morgen ist das Fotoshooting."

„Kommt Levio auch?"

„Ich glaube nicht."

„Dann frag ihn doch. Ihr könntet euch davor oder danach treffen und alles besprechen." Tom lächelt mich an. „Bestimmt gibt es für alles eine gute Erklärung."

Tom hat recht, also schreibe ich Levio, ob er morgen zum Shooting kommen kann.

Er antwortet kurz darauf: *Hey, habe morgen sowieso im Verlag zu tun. Komme auf jeden Fall dazu. Vermisse dich.*

Ich zögere kurz, dann schicke ich: *Ich dich auch,* zurück.

Schon geht es mir etwas besser. Morgen kläre ich das alles. Dann wird alles wieder gut.

Schlimme Gewissheit

Ich laufe nervös in meiner Wohnung auf und ab. Heute ist das Fotoshooting. Dieses Foto wird in meinem neuen Buch zu sehen sein und auf der Verlagsseite, außerdem kommt es auf ein Banner für Lesungen und Buchmessen.

Es klingelt an der Tür. Endlich, es ist Lilly.

„Oha, Nerven-Apokalypse?", fragt sie und erfasst damit die Lage sofort. „Süße, atme mal durch."

„Ich bin so froh, dass du da bist", gestehe ich ihr. „Ohne dich drehe ich komplett durch."

„Ehrensache. Jetzt komm, wir wollen nicht zu spät kommen." Sie hakt mich unter und zieht mich mit sich.

Im Verlag macht mir Lilly die Haare und schminkt mich.

„So fertig. Du siehst klasse aus", sagt sie zufrieden. „Jetzt geh und zeig ihnen, wer hier die Bestsellerautorin ist. Ich packe schnell zusammen und komme gleich nach."

Ich gehe los zum Set, den Flur entlang. Es sind nur ein paar Schritte und Jasmin hat mir den Weg vorhin gezeigt.

„Levio!", ruft eine Stimme, die mir einen eiskalten Schauer über den Rücken laufen lässt.

,Frida. Und Levio! Scheiße!'

Ich springe hinter eine Säule, bevor ich überhaupt darüber nachdenken kann, was ich tue.

„Oh, ciao Frida." Er ist es wirklich. Ich hatte kurz gehofft, dass sie sich irrt.

„Ich dachte, du bist erst später hier", sagt sie gurrend. „Wie schön, dich jetzt schon zusehen."

„Das war auch der Plan, aber ich muss noch schnell etwas erledigen", erwidert er.

„Und nach unserem Termin? Hast du da noch etwas Zeit für mich?", fragt sie. Ihre Stimme wird tiefer und schmeichelnd. So redet man nur mit jemandem, wenn man Sex im Sinn hat.

Mein Herz schlägt mir bis zum Hals.

Ich höre nicht, was Levio antwortet, anscheinend flüstert er. Frida lacht amüsiert. „Oh, du böser Junge! Das hast du nicht gesagt! Schäm dich!"

„Du hast es doch gehört und ich weiß, dass du das magst", sagt er, ich höre sein Lächeln.

„Tue ich. Ich bin nur immer wieder überwältigt, wie schamlos du bist. Ich kann es kaum erwarten. Wir sehen uns nachher. Lass mich nicht warten", sagt sie, dann höre ich das Knallen ihrer Absätze.

Ich lehne mich gegen die Säule und wünsche mich ans andere Ende der Welt. In mir verkrampft sich alles zu einem kalten Knoten. Tränen steigen in meine Augen.

Das war der letzte Beweis. Levio hat Sex mit Frida und sie diskutieren es hier schamlos mitten auf dem Flur.

Kein Wunder, dass keiner von uns wissen sollte! Frida ist schließlich die echte Starautorin und muss bei der Stange gehalten werden, da kommt es nicht gut, wenn sie rausbekommt, dass er auch mit mir vögelt.

Ich hole zittrig Luft. ‚*Was mache ich denn jetzt? Ich kann ihn unmöglich ansprechen, dann drehe ich durch.*‘

„Maika?“ Jasmin betritt den Flur.

‚*Oh Gott, ich habe fast vergessen, dass ich im Verlag bin! Bitte, Levio muss weg sein, sonst werde ich verrückt.*‘

„Hier bin ich“, sage ich kläglich und komme hinter der Säule hervor. Dabei sehe ich mich verstohlen um. Kein Levio mehr, er ist schon gegangen.

„Nanu, was machst du denn da?“, fragt Jasmin irritiert.

„Ich musste noch mal durchatmen. Ich mag keine Fotos“, erkläre ich eilig.

Jasmin lächelt mich beruhigend an. „Das schaffst du. Ich habe dir den besten Fotografen organisiert. Komm, time is money!“

Ich quäle mich durch das Shooting. Es ist die Hölle. Ich soll lächeln, dabei möchte ich die ganze Zeit weinen. Jasmin wird zunehmend verzweifelt.

„Okay, komm schon, Maika, es ist ein Liebesroman! Schenk den Leuten ein schönes Lächeln!“, feuert der Fotograf mich an.

Ich bemühe mich und irgendwann bekommen wir ein Bild, das einigermaßen durchgeht. Ich werde mich später garantiert dafür ohrfeigen, wie furchtbar ich aussehe.

Ich trete aus der grellen Beleuchtung und werde fast ohnmächtig, als ich Levio neben Lilly stehen sehe. Er winkt und lächelt, als wäre nichts los.

Ich gehe zu ihnen hinüber und weiß, dass Jasmin ihn auch bemerkt hat. „Levio, nett dich zu sehen", sage ich betont freundlich.

„Gleichfalls", erwidert er und sieht mich forschend an. „Hast du einen Moment?"

„Aber nur kurz", sage ich und spüre Jasmin im Nacken. „Ich glaube, du hast auch nicht viel Zeit, bevor du dich mit Frida Carrara triffst, oder?"

Sein Augenlid zuckt. „Was meinst du?", fragt er leise.

„Ich habe euer Gespräch vorhin gehört!", zische ich. „Ich weiß, dass du Sex mit ihr hast. Du …"

„Hey Levio", unterbricht Jasmin unser Gespräch und kommt zu uns. „Lass die Finger von meiner Autorin." Sie sagt es freundlich, doch ihre Augen glitzern.

Neben Levio steht Lilly mit weit aufgerissenen Augen. Sie kommt nicht mehr klar. Ich auch nicht.

Levio schluckt, dann hebt er lächelnd die Hände. „Ich mag eben Talent, liebste Jasmin. Aber bei dir ist sie in guten Händen. Okay die Damen, dann noch einen schönen Tag." Er dreht sich um und geht.

Innerlich kollabiere ich. Meine Brust wird immer enger, ich habe das Gefühl, zu ersticken.

„Hey Jasmin, sind wir durch? Ich würde gern Maika entführen und ihr ein bisschen Sekt einflößen", sagt Lilly, die aus ihrer Starre erwacht ist.

„Ja klar", sagt Jasmin und drückt mich. „Das war kein Highlight-Shooting, aber Kopf hoch. Es gibt wichtigeres als das Foto. Ich freu mich auf dein Manuskript. Jetzt hab ein schönes Wochenende!"

Lilly schnappt sich meine Hand und zerrt mich mit sich. „Halte durch", sagt sie leise. „Du hast es gleich geschafft."

Im Auto breche ich zusammen. Die Tränen lassen sich nicht mehr stoppen. Stammelnd erzähle ich Lilly von dem Gespräch zwischen Levio und Frida.

Meine sonst so vorlaute Freundin wird ganz still.

„Das tut mir so leid", sagt sie schließlich und setzt mechanisch den Blinker. „Ich hätte echt gedacht, dass das ein Missverständnis ist."

Ich schüttle den Kopf. „Ist es nicht", flüstere ich. „Es ist ein Riesenhaufen Scheiße."

Lilly nickt stumm und wir schweigen, bis wir bei mir zu Hause sind. Dort angekommen macht Lilly das einzig Vernünftige: sie holt Ouzo und schenkt ihn in Wassergläser.

Ich nehme gerade einen zweiten Schluck, als es klingelt.

„Soll ich?", fragt Lilly, doch ich schüttle den Kopf. Mit weichen Knien gehe ich zur Tür und öffne.

Draußen steht Levio. „Darf ich bitte reinkommen und es dir erklären?", fragt er.

Ich hole tief Luft und lasse ihn rein. „Lilly ist auch hier, lass uns in die Küche gehen", sage ich heiser.

Levio nickt mit verkniffenem Mund. Ich lehne mich an die Küchenzeile und warte ab. Mir fehlen eh die Worte.

„Die Sache mit Frida ist schwierig", beginnt er ohne Umschweife. „Sie ist eine extrem wichtige Autorin für den Verlag. Ich habe die Anweisung bekommen, alles zu tun, um sie zu halten. Dazu kommt, dass sie einen Narren an mir gefressen hat und niemanden außer mich als Agenten akzeptiert. Ich betreue sie schon lange. Und irgendwann kam eins zum anderen."

Ich schlucke und versuche, mein Gesicht in eine Maske aus Eis zu verwandeln.

„Seitdem ist es schwierig für mich, aus der Sache herauszukommen", redet Levio weiter. „Ich vermeide persönliche Treffen, wann immer es geht, aber manchmal klappt das nicht. Und wenn wir uns sehen, hat sie Erwartungen."

„Du sollst dich umfassend um sie kümmern. Mit Happy End", sage ich bitter.

„Wenn es nach ihr geht, ja", erwidert Levio kleinlaut.

„Wann hast du sie das letzte Mal gevögelt?", frage ich. Er sieht zu Boden. „Levio, sei wenigstens ehrlich zu mir."

„Vorgestern", flüstert er.

In mir zersplittert etwas.

„Ich möchte, dass du gehst", sage ich.

Er schließt die Augen. „Es tut mir ehrlich leid“, sagt er dann. „Ich habe ihr schon gesagt, dass es nicht mehr geht. Heute sollte unser letztes Treffen sein. Morgen wollte ich dich fragen, ob wir offiziell zusammen sein wollen. Das hätte sie akzeptiert. Solange ich Single bin, gibt es keinen Grund, sie abzuweisen.“

„Keinen bis auf Moral und Anstand“, zische ich. „Sie ist deine Klientin, verdammt!“

Er wirft mir einen kühlen Blick zu. „Ich weiß, dass ich Mist gebaut habe, und das tut mir ehrlich leid, Maika. Ich bin in dich verliebt und ich möchte mit dir zusammen sein. Aber du weißt nicht, wie viel Scheiße ich fressen musste, um in der Branche Fuß zu fassen. Es Frauen wie Frida zu besorgen ist wirklich das kleinste Übel daran. Ich bin nicht stolz darauf und ich verstehe, dass du sauer und enttäuscht bist. Aber sicher verstehst du, warum ich nicht mit der Tür ins Haus falle, oder? Wie gesagt, wenn ich in einer Beziehung bin, gibt sie Ruhe, auch wenn es ihr nicht gefallen würde, dass ich eine andere Autorin date.“ Er strafft sich und sieht mir in die Augen.

Jetzt liegt es bei mir.

Das alles ist so endätzend, dass ich kotzen möchte. Ich hasse es so sehr. Ich hasse, was er getan hat, es widert mich an. Und doch kann ich es ihm nicht einmal vorhalten, denn wir sind nicht zusammen. Von Exklusivität war nie die Rede. Ich habe ihm nie gesagt, wie ich für ihn empfinde, weil ich es mich nicht getraut habe.

Levio schon. Jetzt weiß ich alles. Und eigentlich müsste ich jetzt jubeln, weil es genau das ist, was ich auch fühle. Gefühlt habe. Bis eben.

So kann ich das nicht. Der Vertrauensbruch ist zu groß.

„Ich möchte, dass du gehst", wiederhole ich leise und mein Herz bricht bei diesen Worten.

Levio nickt stumm und verlässt die Wohnung.

Ich bleibe stehen und fühle mich wie erstarrt.

„Maika?" Lilly kommt in die Küche. Sie muss mindestens die Hälfte gehört haben, meine Wohnung ist hellhörig. „Es tut mir so leid", sagt sie.

Ich werfe mich in ihre Arme und breche zusammen.

Maika kämpft weiter

Die Rohfassung steht.

Endlich, denn die letzten Wochen waren hart für mich. Ich habe das Haus kaum noch verlassen und saß Tag und Nacht an meinem Rechner. Ich war wie im Fieber, die Handlung hat mich so mitgenommen, dass ich einen ganzen Tag nichts gegessen habe.

Von meiner Körperpflege will ich gar nicht erst anfangen. Ich sah zwischendurch aus wie ein Höhlenmensch. Zum Glück war ich die meiste Zeit allein, so darf mich echt keiner sehen.

Endlich geht es mir wieder einigermaßen gut. Die Trennung von Levio war die Hölle. Sie hat mich dermaßen blockiert, dass ich nicht mehr schreiben konnte. Das führte dazu, dass ich meine Deadline nicht einhalten konnte und der Verlag kurz davorstand, den Vertrag aufzulösen.

Es ist Jasmin zu verdanken, dass ich Aufschub bekommen habe. Dank ihr, Lilly und Tom habe ich mich irgendwie aus meinem Loch gezogen und weitergemacht.

Ich habe den Plot komplett geändert und es ist ein ganz neues Buch geworden. Soeben habe ich das magische Wort ‚Ende‘ unter die letzte Seite gesetzt.

Mein Herz klopft, als ich die Datei mit dem Manuskript speichere und konvertiere. Gleich schicke ich es an Jasmin. Was für ein Riesenschritt.

Wir haben abgesprochen, dass sie die Rohfassung sofort bekommt und ich sie nicht noch einmal gegenlese. Sie war so nah an mir dran, dass sie eh schon fast jede Seite kennt.

Natürlich erwartet niemand von mir, dass jetzt schon alles perfekt ist, aber trotzdem habe ich Angst.

Als nächstes kommt die Überarbeitung von meiner Lektorin. Auch sie kennt schon große Teile des Manuskripts. Das war der Deal, damit sie mich weitermachen lassen.

Ich muss da durch, wenn mein Buch das Licht der Welt erblicken soll, egal, wie unangenehm der Prozess ist.

Ich atme tief ein und schicke die Datei an Jasmin. Meine Hände kribbeln und mir ist schlecht vor Aufregung.

,Mein Gott, reiß dich zusammen!', ermahne ich mich, doch das hilft kaum. Meine Hände sind feucht und mein Herz klopft mir bis zum Hals. So kenne ich mich in meinen unangenehmsten Momenten: Vor Prüfungen. Vor Auftritten. Und anscheinend jetzt auch beim Mailverschicken.

,Das wird ja immer schlimmer!'

Ich bewege den Cursor auf den „Senden"-Button und schließe die Augen, während ich klicke. Mein Laptop macht das Geräusch, als würde etwas wegfliegen, als die Mail abgeschickt wird.

,Geschafft.'

Keine drei Minuten später kommt eine Nachricht von Jasmin: *Ist angekommen! Whoop whoop! Weiter geht's!*

Ich muss lächeln, da sehe ich das farbige Banner unter ihrer Signatur, dass die neueste Veröffentlichung des Verlages anpreist: *‚Heiße Nächte in Neapel‘, von Frida Carrara. Verpassen Sie nicht den neuen Bestseller der Queen of Romance!*

Daneben sind das Buchcover und ein Bild von Frida abgebildet. Ich habe versucht, nicht mehr an sie zu denken. An sie nicht und auch nicht an Levio.

Er hat mich noch ein paarmal angerufen, doch ich bin nicht drangegangen. Ich schaffe das einfach nicht, obwohl ich so viel Zeit zum Nachdenken hatte. Ich habe mit Tom und Lilly darüber gesprochen, sie verstehen mich und meine Entscheidung. Sie sehen aber auch, wie schlecht es mir damit geht.

Ich tippe auf meinen Glücksbringer am Monitor. Ein kleiner Post-it, auf den Lilly einen Smiley gemalt hat. Er soll mich daran erinnern, zu lächeln.

Dass ich heute fertiggeworden bin, ist ein glücklicher Zufall. Heute Abend findet die Lesung in Lillys Salon statt. Endlich mal etwas Schönes. Etwas Kalkulierbares.

Ich mag Lesungen, denn dabei kann ich mich in meinem Buch verlieren. Lesungen sind die einzige Art von Auftritt, bei der ich kein Lampenfieber habe.

Ich stehe auf und gehe duschen. Danach mache mir einen Kaffee, gehe ins Wohnzimmer und öffne die Balkontür. In der Wohnung ist es mir zu beengt, doch auf dem Balkon kann ich endlich durchatmen. Mein

Blick fällt hinunter auf den Innenhof und ich beschließe spontan, meinen Kaffee dort unten zu trinken.

Ich gehe hinunter und sehe mich um. Das letzte Mal war ich bei der Wohnungsbesichtigung hier. Louis, mein Makler, meinte, das wäre das beste an der Wohnung und ich fand das damals auch. Aber irgendwie bin ich danach nicht mehr hergekommen.

Hier ist es wunderschön. Ich sehe Wildblumen, alles ist grün und naturbelassen.

Es gibt einen kleinen Spielplatz, eine Tischtennisplatte und weiter hinten eine Bank auf die ich mich setze und meinen Kaffee trinke.

Ich versuche, nicht mehr über alles nachzudenken. Mir geht es beschissen, das kann ich nicht ausblenden, aber ich kann versuchen, einen Moment lang loszulassen.

Es klappt und die Sonne auf meinem Gesicht macht alles etwas leichter. Als ich die Augen wieder öffne, merke ich erschrocken, dass ich die Zeit vergessen habe. Schnell stehe ich auf, aber während ich zurück ins Haus gehe, verspreche ich mir, dass ich ab sofort öfter herkomme. An meinen Ort des Friedens.

Ich bin schon früh bei Lilly im Salon, um alles vorzubereiten. Am Eingang steht ein Roll-up mit dem Cover meines Buchs. Sogar mein Portrait-Foto ist mit drauf.

‚Woher hat sie das?‘

Alles ist fertig, sogar die Bücher und Getränke stehen bereit. Ich drücke Lilly. „Hey, es ist ja alles schon fertig. Ich wollte das doch machen. Und woher hast du das Roll-up?"

„Von Jasmin. Wir hatten wegen der Lesung telefoniert, da hat sie es angeboten. Sie hat auch jemanden für den Aufbau vorbeigeschickt."

Die unverhoffte Freizeit nutzt Lilly, um mich zu frisieren. Sie ist auch aufgeregt, merke ich.

„Du liest doch gar nicht", ziehe ich sie auf.

„Weiß ich, aber es ist ja auch Werbung für mich und meinen fabelhaften Salon", antwortet sie. „Außerdem ist mir alles wichtig, was du tust."

Die Tür geht auf und Jasmin kommt herein. Mit Tom.

Ich runzle bei dem Anblick die Stirn. „Seid ihr zusammen hergekommen?"

„Klar. Die Vorsitzenden deines Fanclubs haben sich zusammengetan", feixt Tom.

„Bist du bereit, Maika?", fragt Jasmin. Sie kommt mir nervös vor. ‚Was haben die denn alle bloß?'

Eine halbe Stunde später kommen die ersten Gäste. Ich begrüße jeden und freue mich über ein bekanntes Gesicht: Vor mir steht doch tatsächlich der Makler, der mir damals meine Wohnung vermittelt hat!

„Louis, was machst du denn hier?", frage ich.

„Ich hab das Plakat gesehen und dachte, wo wir uns doch kennen, komme ich vorbei und gebe damit schamlos vor meiner Freundin an. Maika, berühmte Autorin, das ist meine Freundin Mathea", sagt er gutgelaunt.

„Hi, freut mich dich kennenzulernen", lächle ich die hübsche Brünette an seiner Seite an, da kommen schon die nächsten Gäste. „Habt viel Spaß, bis später.“

Als nächstes entdecke ich noch jemanden, der mein Herz vor Freude hüpfen lässt: meine Freundin Malena hat es zur Lesung geschafft!

„Wie schön, dass du da bist!“, rufe ich und umarme sie.

„Ehrensache“, sagt sie gut gelaunt. „Und wenn du möchtest, interviewe ich dich hinterher für meine Kolumne.“

„Oh ja, unbedingt.“

Endlich sind alle Plätze besetzt. Ich nehme vorn platz und blicke mich um. Lillys Salon sieht toll aus. Aus der Wohlfühloase ist eine tolle Eventlocation geworden.

Ich nehme mein Buch zur Hand.

„Schön, dass ihr alle da seid. Das hier ist ein ungewöhnlicher Ort für eine Lesung. Ich dachte, ich probiere mal etwas Neues. Ein großes Dankeschön an meine Freundin Lilly.“ Es wird geklatscht und Lilly wirft mir einen Luftkuss zu. „Ich lese heute aus meinem ersten Buch „Liebe mit Hindernissen“.“

Nach einer kleinen Einleitung beginne ich zu lesen. Ich verliere mich wieder in dieser Geschichte, die direkt aus meinem Herzen kam. Ich werde eins mit meiner Protagonistin und lasse mein Publikum ein Teil davon werden.

Die Zeit vergeht wie im Flug und ich genieße es unglaublich. So gut habe ich mich schon lange nicht mehr gefühlt.

Die Lesung ist ein voller Erfolg. Die bereitgestellten Bücher sind alle verkauft. Ich bin zufrieden mit dem Abend und so gutgelaunt, dass ich Lilly frage, ob sie Sekt dahat.

„Na klar", sagt sie, dann guckt sie komisch und macht sich plötzlich aus dem Staub. Ich drehe mich um und blicke in Levios Gesicht.

Ich reiße die Augen auf, mir steht der Mund offen.

„Was machst du denn hier?", frage ich dünn.

„Tom hat mir erzählt, dass du hier heute eine Lesung abhältst. Ich habe von da hinten zugehört, um dich nicht abzulenken. Du hast das wirklich toll gemacht. Es war schön, mit dir in dem Buch abzutauchen." Er holt Luft. „Hast du ein paar Minuten für mich? Ich würde gern mit dir reden."

Ich schlucke. Dass er hier ist, überrumpelt mich und wühlt mich auf. Andererseits denke ich seit unserem letzten Treffen ständig darüber nach, was ich sagen würde, wenn er mir wieder begegnet.

Jetzt habe ich die Gelegenheit dazu, also nicke ich.

Levio setzt sich auf einen Stuhl in der ersten Reihe, also nehme ich noch mal auf meinem Sessel platz. Es fühlt sich komisch an, ihn zu sehen.

Jetzt merke ich wieder, wie sehr ich ihn vermisse.

Das kann ich ihm nicht sagen. Er soll als erster reden.

„Bitte fang an", sage ich leise.

Er nickt, braucht aber noch einen Moment, um sich zu sammeln. „Es tut mir leid, wie es zwischen uns gelaufen ist", sagt er schließlich. „Ich war nicht ehrlich zu dir und das hattest du nicht verdient. Diese

Sache mit Frida lief schon so lange, dass es schwierig war, da herauszukommen. Ich wollte es an dem Wochenende beenden, als du es herausgefunden hast. Du solltest das nie erfahren, weil ich nicht stolz darauf bin.“

„Dann bin ich froh, dass ich es herausgefunden habe“, sage ich. „Ich könnte nicht damit leben, dass du so etwas vor mir geheim hältst oder dich vor mir schämst.“

„Ich wollte nicht, dass du schlecht von mir denkst.“

„Levio, das verstehe ich, aber ich wäre auch ganz anders an die Sache herangegangen, wenn ich von vornherein gewusst hätte, dass du nicht an einer festen Beziehung interessiert bist. Ich war es nämlich und ich dachte, du wärst es auch.“ Ich breche ab, als er energisch den Kopf schüttelt.

„Bin ich doch auch! Aber du hattest gerade diese Trennung hinter dir und hast ein paarmal gesagt, dass du froh bist, wie locker es zwischen uns beiden läuft.“ Er verschränkt die Arme vor der Brust. „Da dachte ich, okay, sie braucht noch Zeit, also habe ich die Möglichkeit, meine Angelegenheiten in Ruhe zu klären. Nach dem Wochenende damals wollte ich dich fragen, ob wir zusammen sein wollen. Richtig. Und ich hätte dich niemals hintergangen.“

„Aber wie soll ich dir denn vertrauen, nach dem, was passiert ist?“, frage ich ratlos.

„Ich habe dich niemals angelogen“, sagt er fest.

„Aber richtig ehrlich warst du auch nicht.“

„Stimmt und das tut mir unendlich leid. Wenn du ausschließt, dass das mit uns doch noch etwas werden kann, gehe ich jetzt und lasse dich in Ruhe. Versprochen. Aber wenn da doch noch etwas zwischen uns ist, werde ich alles tun, um dir zu beweisen, dass ich dich glücklich machen kann. Du bist eine tolle Frau, Maika. Und ich habe mich noch nie so gut mit jemandem gefühlt, wie mit dir. Wie du deine Schreibblockade überwunden hast, war großartig. Ich war so stolz, dass ich dir dabei helfen durfte."

„Dank dir habe ich das geschafft", sage ich leise.

Er schüttelt den Kopf. „Ich habe ein bisschen geholfen, aber du hast es allein hinbekommen. Ich habe Jasmin so lange angebettelt, bis ich ein paar Seiten deines neuen Manuskripts lesen durfte. Es ist wunderbar, was du geschaffen hast. Ich bin mir sicher, es wird ein voller Erfolg."

„Danke, aber das Lob ist mir unangenehm. Und es ändert auch nicht meine Meinung", sage ich. Sein Gesicht wird traurig. „Ich brauche jemanden, der aufrichtig zu mir ist", sage ich. „Auch wenn es unangenehm ist. Damit kann ich umgehen. Womit ich nicht umgehen kann, sind Lügen. Und Halbwahrheiten. Du weißt, wie das mit Joshua auseinandergegangen ist. Das ertrage ich kein zweites Mal. Und unter der Sache mit dir und Frida habe ich sehr gelitten."

„Das verstehe ich", sagt er leise und steht auf. „Dann alles Gute, Maika. Ich wünsche dir von ganzem Herzen alles Glück der Welt."

„Warte doch, du Esel", rufe ich. „Du bist doch Teil meines Glücks. Ich will nur, dass du verstehst, dass das nie wieder passieren darf."

Levio dreht sich mit großen Augen zu mir um. Ich laufe zu ihm, werfe die Arme um seinen Nacken und küsse ihn. „Ich liebe dich doch auch", flüstere ich an seinen Lippen.

„Haut ab, ihr zwei", höre ich Lilly vom anderen Ende des Raumes. „Alles andere kann bis morgen warten."

Normalerweise hätte ich deswegen ein schlechtes Gewissen, aber heute kann ich es kaum erwarten. Ich schnappe mir Levios Hand und zerre ihn aus dem Salon.

Heute gehen wir zu ihm, seine Wohnung ist nur wenige Minuten entfernt. Wir schaffen es kaum durch die Tür, da fallen schon die ersten Kleidungsstücke zu Boden.

„Oh Levio", hauche ich an seinen Lippen.

„Was hältst du von einer Dusche zum Einstimmen?"

Ich zögere nicht lange und reiße seine restlichen Klamotten herunter, meine fliegen hinterher.

Levio hebt mich hoch und trägt mich ins Badezimmer in die Dusche. Er dreht das Wasser auf und ich genieße den lauwarmen Strahl auf meiner Haut.

Ich bin so scharf auf ihn. Ich habe ihn in den letzten Wochen so vermisst, dass ich es kaum erwarten kann, ihn endlich wieder mit allen Sinnen zu spüren. Meine Lippen wandern hinunter über seine Kehle, seine schöne Brust und seinen flachen Bauch. Langsam gehe ich in die Knie, bis ich an seinem Schwanz angekommen bin.

Ich küsse seinen Schaft und streichle dabei seine Oberschenkel. Der erste Lusttropfen tritt aus seiner prallen Eichel. Genüsslich lecke ich ihn ab, bevor mir der Duschstrahl in die Quere kommt, und nehme seinen Schwanz ganz in meinen Mund, dabei packe ich seine Pobacken.

Levio stöhnt auf. Seine Hand fährt in meine Haare und dirigiert meinen Kopf. Ich lasse ihn machen, ich liebe es, wenn er die Führung übernimmt. Beim Sex darf er das.

Ich blase ihn hingebungsvoll und necke ihn mit Zunge und Zähnen. Immer wieder sauge ich ihn fest in meinen Mund und ziehe den Kopf zurück, sodass ich ihn fast freigebe. Aber immer nur fast.

Levio zieht mich hoch. „Ich kann gleich nicht mehr.“

Er stellt das Wasser aus und wirft mir ein Handtuch zu. Ich trockne mich in Windeseile ab und eile dann mit ihm ins Schlafzimmer.

Er wirft mich aufs Bett und beugt sich über mich, dabei zieht er meine Beine auseinander. „Ich fordere Revanche“, sagt er und senkt seine Lippen auf meinen Venushügel.

Ich presse meine Hand auf meinen Mund. Es fühlt sich wahnsinnig gut an. Er weiß genau, was er tut.

Genießerisch widmet er sich jeder Stelle, an die er mit der Zunge herankommt und leckt genüsslich die Feuchtigkeit auf. Dann konzentriert er sich genau auf die richtige Stelle.

Ich halte es nicht mehr aus und schreie laut auf. Vor meinen Augen tanzen Sterne. Ich komme und winde mich unter ihm, doch er lässt mich nicht entkommen.

Bevor ich ganz fertig bin, kommt er auf die Knie und versenkt sich in mir.

Ich schreie noch einmal und klammere mich an ihm fest, als er mich mit tiefen Stößen nimmt.

Die Sterne vor meinen Augen werden immer größer und wilder. Ich komme noch ein weiteres Mal und schlage meine Fingernägel in seinen Rücken.

Levio schafft noch ein paar Stöße, dann bricht er mit einem erstickten Schrei über mir zusammen. Ich presse mich an ihn und spüre seinen wilden Herzschlag an meiner Brust.

Es fühlt sich so gut an, ihn wieder bei mir zu haben.

„Verlass mich nie wieder", flüstert er in mein Ohr.

„Werde ich nicht", flüstere ich zurück. „Du bist meine Muse, sogar, wenn du nicht da bist. Aber mit dir zusammen kann ich die beste Version von mir sein."

Er küsst mich auf den Mund und ich fühle mich so gut wie selten zuvor in meinem Leben…

Weitere Bücher von Emilia deLuca :

Ein Makler für Mathea

Nachdem Mathea ihren Freund mit einer anderen
erwischt, ist für sie klar, dass sie ein neues Kapitel in
ihrem Leben aufschlagen muss – eine neue
Wohnung inklusive.
Bei der Wohnungsbesichtigung lernt sie ihren
Makler Louis kennen, und es funkt sofort zwischen
den beiden.
Die Suche nach einem neuen Zuhause wird so zu
einer unerwartet heißen Begegnung, der sich Mathea
noch Louis entziehen können.

ISBN: 978-3-384-13134-8

Ein Song für Malena

Malena hat die Chance, ein neues Kapitel in ihrem Leben aufzuschlagen. Als Journalistin berichtet sie über ein Festival und kann sich dabei endlich klarwerden, was sie will.

Doch sie ahnt nicht, dass ausgerechnet der Popstar Lenn, über den sie eine Reportage machen will, all ihre Pläne über den Haufen wirft.

ISBN: 978-3-384-16318-9

Extended Hot Edition
ISBN: 978-3-384-20644-2

Melanie Buchelt

(Reihen"Titel": Conti-Dilogie)

L'ancora - Du gibst mir Halt

»Eine Frau wie du übersteht jeden Sturm.«

Der Kampf gegen ihre eigenen Gefühle.
Ein Sturm aus alten Wunden und
Missverständnissen.
Und die Zurückweisung, vor der sie sich am meisten
gefürchtet hat …

Als Luana eine folgenschwere Lüge ihrer Eltern
aufdeckt, flüchtet sie nach Italien, um der Wahrheit
auf den Grund zu gehen. Doch in Siena lassen die
Antworten auf sich warten. Stattdessen begegnet sie
dem Weinverkäufer Luca. Ihr Herz ist Feuer und
Flamme für ihn – aber das Schicksal erstickt ihre
Hoffnungen im Keim.

ISBN: 978-3910615199

Melanie Buchelt

(Reihen"Titel": Conti-Dilogie)

Distanza - Du bleibst mir nah

Sofia
Ich habe mich nie getraut, ernsthaft von der großen,
weiten Welt zu träumen, weil meine Flügel gestutzt
sind.
Zu schwer wiegt die Verantwortung, die ich zu
Hause in Italien tragen soll. Und trotzdem flutet ein
mutiger Wunsch mein Herz, den ich niemandem
erzähle. Außer ihm.

Antonio
Die Leichtigkeit, die ich mit ihr erlebe, ist nur eine
Illusion.
Selbst Sofia schafft es nicht, meine zerbrochene
Welt wieder zusammenzusetzen. Mein Leben wieder
zurückzudrehen - bis zu dem Moment, an dem ich
noch vollständig war.

ISBN: 978-3910615984

Dany Matthes

Der Duft von Marienkäfern

Seit vielen Jahren lebt Lena Wagner in einer toxischen Beziehung. Sich daraus zu befreien, scheint für sie unmöglich. Bis sie auf Nick trifft. Einen charmanten, witzigen und vor allem zuvorkommenden Mann. Er hat alles, was Lena sich wünscht, und mit ihm an ihrer Seite schafft sie es, dem alten Leben zu entfliehen. Es hätte der perfekte Neustart sein können, doch die Vergangenheit hat Spuren hinterlassen. Dunkle Wolken legen sich über ihre Seele. Lena wird depressiv. Weil sie nicht weiß, was mit ihr passiert, ignoriert sie es. Bis zu jenem Morgen.

Dany Matthes schreibt mit Leichtigkeit über ein schweres Thema und ist dabei dennoch schonungslos ehrlich. Sie erzählt im Buch sehr detailreich von ihrer Depression und den Weg mit der Krankheit in einer Beziehung zu leben. Ihr Wunsch: „Meine Geschichte soll Betroffenen und Angehörigen helfen und Mut machen. Es gibt immer einen Weg und DU bist nie allein.“

ISBN: 978-3985951079

Danksagung

Vielen Dank, dass du dich für mein Buch
entschieden hast und hoffe es hat dir gefallen.
Vielleicht konntest du deinen Alltag beim Lesen
etwas hinter dir lassen oder du hast dich in meinem
Buch wiedergefunden.
Maika ist eine sensible Persönlichkeit und ihr
Selbstbewusstsein ist nicht sehr stark. Das geht
vielen so und ist auch nicht schlimm. Auch ich habe
wie Maika in meinem Umfeld Menschen mit
Depressionen. Trotz ihrer Erkrankung sind es
wundervolle Persönlichkeiten. Man sollte sich dafür
nicht schämen. Jeder Mensch ist einzigartig und
wundervoll!
Also, sollte es dir auch so gehen, scheue dich bitte
nicht davor Hilfe anzunehmen.

Ich würde mich sehr freuen, wenn du mein Buch
rezensierst und eine Bewertung verfasst. Feedback
ist sehr wichtig und hilfreich, auch wenn du mit
anderen über meine Bücher sprichst.
Ich danke dir von Herzen!

Als nächstes möchte ich mich bei meinem
Schreibbuddy Kristin bedanken, für dein ehrliches
Feedback und deine Unterstützung.
Auch bei Regine, durch dein Buch über
Obdachlose, habe ich nochmal einen anderen

Blickwinkel erhalten. Du bist meine Rita in meinem
Buch.

Ich freue mich über jedes Feedback und hoffe, ich
konnte dich mit meinem Buch gut unterhalten.

Vielleicht sehen wir uns bei einer meiner
Lesungen.

Alles Liebe

Eure Emilia